AtV

BEATE BAUM, Jahrgang 1963, lebt als freie Journalistin in Dresden. Ihr erster Kriminalroman »Dresdner Silberlinge« erschien im Jahr 2001.

Kirsten Bertram, Journalistin in Dresden, glaubt endlich ein Problem gelöst zu haben. Nach langem Hin und Her hat sie sich für Andreas und gegen ihren alten Freund, den Privatdetektiv Dale, entschieden. Bei einem letzten Treffen findet sie Dale bewußtlos vor. Anscheinend wollte er aus Kummer über die Trennung Selbstmord begehen. Kirsten wird von Schuldgefühlen geplagt. Hätte sie damit rechnen müssen, daß Dale nach ihrer Trennung die Nerven verliert und sich umzubringen versucht?

Doch etliches an dem vermeintlichen Selbstmord paßt nicht zusammen. Kirsten beginnt zu recherchieren, an welchen Fällen Dale zuletzt gearbeitet hat. Vermutlich war er einem Hehlerring auf der Spur und hatte sich in einem Altenheim umgesehen, in dem finanzielle Ungereimtheiten aufgetaucht waren. Dann erfährt sie, daß sich Dales letzter Klient auch umgebracht haben soll – und hat plötzlich das Gefühl, verfolgt zu werden.

Beate Baum

Dresdner Geschäfte

Roman

Aufbau Taschenbuch Verlag

ISBN 3-7466-2093-7

1. Auflage 2005

Umschlag gold, Anke Fesel/Kai Dieterich
unter Verwendung eines Fotos
von Joerg Heimann, Bilderberg
Druck und Binden Oldenbourg Taschenbuch GmbH, Plzeň
Printed in Czech Republic

www.aufbau-taschenbuch.de

Für meine Großmutter

1. Kapitel

Ich schaute noch einmal auf meine Armbanduhr. Viertel nach acht durch. Verärgert trank ich einen Schluck Bier. Das sah Dale nicht ähnlich. Er war immer pünktlich gewesen. Und er wußte, daß ich es haßte, alleine in einer Kneipe – selbst in einem Café wie dem »Lloyds« – zu warten.

Entschlossen klappte ich die Speisekarte zu, ging in den Nachbarraum an die Theke und fragte, ob ich telefonieren könne. Zehnmal ließ ich es klingeln, dann legte ich auf und bezahlte mein Bier.

Die Luft draußen war wunderbar mild für einen Dresdner Abend Anfang April. Auf dem Martin-Luther-Platz saßen bereits einige Jugendliche in der Dämmerung und lebten ihre Frühlingsgefühle aus, vor dem »Raskolnikoff« standen etliche Fahrräder.

Ich ging die Böhmische Straße entlang, vorbei an meiner neuen Bleibe, erreichte über die lebhafte Alaunstraße den Albertplatz. Den Schlüssel zu Dales Haus hatte ich dabei. Ich wollte ihn fragen, ob ich ihn bereits heute zurückgeben sollte oder erst, nachdem ich meine Sachen abgeholt hatte. Dennoch zögerte ich nun, als ich vor dem Gartentor angekommen war. Die Bäume und die Wiese sahen friedlich aus, das alte Gebäude wirkte verlassen.

Als ich vor der Haustür stand, sah ich durch die hölzernen Fensterläden vor Dales Büro einen Lichtschimmer. Auf mein Klingeln rührte sich jedoch nichts, also steckte ich schließlich doch den Schlüssel ins Schloß. Es war nicht abgeschlossen. Auf einmal beschlich mich ein mulmiges Gefühl. Ich atmete tief durch und schob mich leise in den Flur. Ohne das Licht einzuschalten , blieb ich einen Moment stehen, starrte in die Dunkelheit und horchte. Dann öffnete ich die Tür zum Büro.

Er saß vornüber gesunken an seinem Schreibtisch, eine Hand hing an der Rückwand herunter. Der auf der Seite liegende Kopf wurde von der Halogenlampe scharf beleuchtet. Die schwarzen Haare sahen feucht aus, die Augen waren geschlossen, der Mund stand leicht offen. Der linke Arm lag angewinkelt neben einem Glas mit etwas trüber Flüssigkeit.

Einen Moment lang konnte ich mich nicht rühren. Dann stürzte ich nach vorn und strich ihm über die Wange.

»Dale! Dale, was ist denn? Was ist los?«

Gehörte diese hysterische Stimme mir? Ich versuchte, seinen Puls zu tasten, spürte jedoch nichts. Während ich mit den Tränen kämpfte, rief ich den Rettungsdienst an. Neben dem Aschenbecher sah ich erst jetzt ein Tablettenröhrchen.

»Luminaletten«, buchstabierte ich der professionell ruhigen Stimme am anderen Ende der Leitung.

Costa Bananen stand auf dem großen Karton, den ich nun schon seit fast einer Stunde anstarrte. Die Schwestern der Intensivstation hatten mich nach Hause geschickt, nachdem ich sie immer und immer wieder gefragt hatte, ob Dale durchkäme. Sie wüßten es nicht, lautete die stets gleiche Antwort. Sie hätten seinen Magen mehrfach gespült, ein Gegengift gespritzt und versuchten nun, Atmung und Kreislauf zu stabilisieren.

»Morgen früh wissen wir schon mehr. Gehen Sie heim. Sie können hier doch nichts tun.« Sie hatten mich noch nicht einmal zu ihm gelassen. Ich fühlte mich allerdings auch kaum in der Lage, darum zu kämpfen. »Sind Sie seine Frau? Verwandt?«

Nein, ich war seine Ex-Freundin, und ich war der Grund für die Tabletten. Das hatte ich auch den Kripobeamten gesagt, die bereits kurz nach unserer Ankunft in der Uniklinik erschienen. Die Schutzpolizisten, die eine Sekunde nach dem Notarztwagen in der Antonstraße eingetroffen waren, hatten sie nach einem kurzen Blick auf die Szenerie benachrichtigt.

Vier Jahre waren Dale und ich befreundet gewesen, fast ein Jahr hatten wir zusammen gelebt. Ich hatte ihn verlassen, nachdem Andreas in Dresden aufgetaucht war. Andreas, mit dem ich jetzt diese drei Zimmer in der Böhmischen Straße mitten im Szeneviertel Neustadt bewohnte, der noch mit einem alten Freund unterwegs war, und wegen dem ich mich in das noch nicht eingerichtete Wohnzimmer inmitten der Umzugskartons auf den Boden gesetzt hatte.

Vor zwei Tagen erst waren wir in die restaurierte Altbauwohnung eingezogen, er mit seinem gesamten Hausrat, ich vorerst mit den zwei Reisetaschen, aus denen ich seit drei Wochen lebte. Voller Elan hatten wir uns ans Einrichten gemacht. Schließlich war es das erste Mal, daß wir zusammen wohnten, und es sollte perfekt werden.

Zwischen meinen Füßen stand ein Wasserglas und eine Flasche Rum, die ich aus einem der Kartons gezogen hatte. Fast ein ganzes Glas hatte ich bereits getrunken. Nun endlich begannen die Tränen zu fließen. Verschwommen blickte ich durch das große Fenster in den vollmondhellen Himmel, versuchte die Gedanken abzustellen und unterdrückte mein Schluchzen, als ich die Wohnungstür hörte. Ich wollte Andy jetzt nicht sehen. Er ging in die Küche. Ich hörte, wie er eine Flasche

Mineralwasser aus dem Kasten zog und ins Schlafzimmer mitnahm.

Erst als ich sicher sein konnte, daß er schon schlief, lange nachdem die Glocken der Martin-Luther-Kirche Mitternacht geschlagen hatten, wankte ich betrunken und völlig erledigt nach nebenan. Ich zog mich im Dunkeln aus, legte mich neben Andreas und starrte zur Decke.

»Nein, wir können immer noch nichts sagen.« Der dunkelhaarige Arzt sah zu jung aus, um etwas über Leben und Tod zu wissen. »Herr Ingram spricht nicht auf das Gegengift an.»

Wir standen auf dem Flur vor der Intensivstation. Ich war nach wenigen Stunden unruhigen Schlafs um sieben Uhr wieder aufgestanden und, ohne zu frühstücken, direkt ins Krankenhaus gefahren. Nun kämpfte ich gegen Übelkeit, meine Beine wollten wegsacken, ich schwitzte. Der Arzt faßte mich am Arm.

»Kommen Sie! Der Automatenkaffee hier ist erstaunlich gut.»

Ohne mich zu fragen, zog er nach den beiden Bechern noch einen Schokoriegel und drückte ihn mir in die Hand. Ich hatte meinen alten Anorak ausgezogen und mich auf einen der scheußlichen orangefarbenen Stühle gesetzt. Vorsichtig trank ich einen Schluck Kaffee, riß dann die Verpackung des Riegels auf und biß ein großes Stück ab.

»Und was heißt das jetzt?« fragte ich.

Der Arzt schob die linke Hand in die Tasche seines Kittels, zog sie leer wieder heraus. »Herr Ingram ist noch immer im Koma. Die Nieren- und Leberwerte sind sehr bedenklich.« Etwas abrupt brach er ab, setzte dann neu an: »Sie haben ihn gefunden, nicht wahr?«

Ich konnte bloß nicken, erwartete die Anklage.

»So etwas ist immer fürchterlich, aber Sie haben sehr umsichtig gehandelt. Ich bin sicher, daß er früh genug hier war und daß wir ihn durchkriegen. Eigentlich muß das Gegengift in den nächsten Stunden wirken. Warum gehen Sie nicht nach Hause und ruhen sich etwas aus? Ich rufe Sie an, sobald sich etwas an seinem Zustand verändert.«

Ich ging nicht nach Hause, sondern lief die Fetscherstraße hinunter in Richtung Elbe. Die Uferwiesen waren hier schier endlos. Durch viele matschige Stellen stolperte ich über den Radweg hinaus bis ans Wasser. Auf der anderen Seite sah man die ansteigende Bautzener Straße, weiter rechts die drei prachtvollen Schlösser. Ich nahm sie kaum wahr. Auch den Regen, der irgendwann einsetzte, registrierte ich erst, als ich meine nassen Haare aus der Stirn strich. Es war kälter als gestern.

Ein altes Paar führte unbeeindruckt vom Wetter seinen Cockerspaniel aus. Der Hund tobte fröhlich herum, die beiden sahen glücklich aus. Ich stand so lange am Fluß, bis ich völlig durchnäßt war. Dann zwang ich mich, in Richtung Innenstadt zurückzugehen. Ich blieb an der Elbe, blickte auf das schmutzig aussehende Wasser und überlegte, wie tief es wohl war. Hinter der Carolabrücke ließ ich mich mit den Touristen zwischen Albertinum und Frauenkirche in Richtung Schloß treiben, setzte mich schließlich erschöpft in eines der Restaurants mit den dreisprachigen, bunten Speisekarten und bestellte einen Kakao mit Weinbrand und eine Bratwurst, die ich dann unberührt liegen ließ.

Es war früher Nachmittag, als ich in die Böhmische Straße zurückkehrte. Ich ging sofort ins Arbeitszimmer, um den Anrufbeantworter zu überprüfen. Kaum hatte ich einen Blick darauf geworfen, als Andreas auch schon im Türrahmen stand, in einer fleckigen Jeans und einem langärmeligen, ehemals weißen Unterhemd, mit einer Zange in der Hand.

»Hat jemand angerufen?« fragte ich, bevor er etwas sagen konnte.

»Allerdings. Deine Chefin wollte wissen, wo du bleibst. Was ist denn los? Du siehst ja fürchterlich aus.«

Ich schob mich an ihm vorbei, ging in die Küche und setzte einen Kessel mit Wasser auf.

»Dale hat versucht, sich umzubringen.«

»Was? Aber –« Er machte einen Schritt auf mich zu, doch ich hob die Arme und trat zurück. Bis der Kessel zu pfeifen begann, rührten wir uns beide nicht. Ich stellte das Gas ab und griff über die Spüle nach oben, dahin, wo Dale und ich im Haus in der Antonstraße die Teebeutel aufbewahrt hatten. Ich faßte ins Nichts und bekam einen Weinkrampf.

Andy strich mir leicht über den Rücken. Als er mich in den Arm nehmen wollte, stieß ich ihn weg. Ich setzte mich auf einen Küchenstuhl und zog die Beine hoch. Andreas ging zu zwei unter dem Fenster stehenden Kartons, öffnete den oberen und kramte eine Weile herum, bis er eine Packung Tee in der Hand hielt. Fragend blickte er mich an, ich nickte, und er brühte ihn in einem großen Becher auf. Ich erhob mich noch einmal, holte die Flasche Rum aus dem Wohnzimmer und gab einen großen Schluck hinein.

Als ich erwachte, schien wieder die Sonne. Von der anderen Seite des Flurs hörte ich Andys Stimme am Telefon. Elektrisiert sprang ich auf und stürzte in Unterwäsche ins Arbeitszimmer.

»Das Krankenhaus?«

»Ja, aber ich habe angerufen. Nichts Neues.«

Wortlos drehte ich mich um und ging zurück ins Schlafzimmer, zog Jeans und Pulli über, setzte mich wieder in die Küche und schüttete etwas von dem noch dort stehenden Rum in den Becher.

»Kirsten, meinst du, es hilft Dale, wenn du jetzt ständig trinkst?« Andy wollte mir den Becher aus der Hand nehmen, ich hielt ihn jedoch fest.

»Ihm nicht, aber mir. Wie soll ich das denn sonst ertragen? Dir ist wohl nicht klar, daß er sich wegen mir umbringen wollte!«

»Zuerst habe ich das auch gedacht. Aber –«

»Was, aber? Kurz bevor wir definitiv die Gütertrennung klären wollen, schluckt er eine Packung Barbiturate – das ist doch wohl eindeutig!« Ich trank einen großen Schluck und setzte den Becher auf den Tisch, von wo Andy ihn zusammen mit der Flasche nahm und hinter sich auf die Spüle stellte.

»Glaubst du, Dale würde dir das antun? Er mußte schließlich damit rechnen, daß du ihn findest – gerade weil ihr verabredet wart. Einen Abschiedsbrief gibt es auch nicht, oder?«

»Nein, aber vielleicht wollte er mir gerade das antun! Was hab ich ihm denn angetan? Ich komme aus dem Urlaub und weiß immer noch nicht, mit wem ich zusammen sein will. Ich ziehe wieder bei ihm ein, doch kaum haben wir beide wieder Kontakt, ist alles aus, und ich verlasse ihn endgültig!« Mir schossen die Tränen in die Augen. »Dann rufe ich ihn nach zwei Wochen an und will bloß klären, wer jetzt das Sofa behält und wer die Waschmaschine. Du kannst dir natürlich nicht vorstellen, daß ihm das so weh getan hat. Du bist ja zu so was nicht in der Lage.«

»Doch, das bin ich. Trotzdem glaube ich nicht, daß er riskiert hätte, daß du ihn findest.«

»Dann war es ein Hilfeschrei. So was gibt es doch ständig. Und jetzt hau ab! Laß mich allein!« Ich stand auf und wollte den Rumbecher von der Spüle nehmen. Andy hielt jedoch meinen Arm fest.

»Nicht, solange du so drauf bist. Für einen Hilfeschrei war die Dosis zu hoch. Du sagst, es waren Barbiturate. Also starke Schlaftabletten.« Ich nickte. »Die sind doch bestimmt verschreibungspflichtig. Wo soll er die denn hergehabt haben?«

»Sie fallen sogar unters Betäubungsmittelgesetz.« Andreas hatte meinen Arm losgelassen, ich stand noch vor ihm, erschöpft jetzt. »Danach hat der Kommissar auch gefragt, aber ich habe ihm gesagt, daß Dale als Privatdetektiv garantiert irgendwen kennt, der ihm das besorgen konnte.«

Andy schüttelte den Kopf. Er schob mich mit sanfter Gewalt zurück zu dem Stuhl, schüttete den Rum aus, stellte die Flasche noch weiter nach hinten und bückte sich, um die auf dem Boden stehende Kaffeemaschine in Gang zu setzen.

»Während du schliefst, habe ich deine Chefin angerufen und gesagt, du wärst davon ausgegangen, daß du heute noch überstundenfrei hast. Du hättest dich gerade erst aus dem Baumarkt gemeldet«, erzählte er in lockerem Plauderton, während er Brot und Butter auf den Tisch stellte, Aufschnitt und Käse aus dem Kühlschrank holte. Er schob ein benutztes Holzbrett und ein Messer auf meine Seite des Tisches und schenkte uns beiden Kaffee ein.

»Woher weißt du, daß es kein Mordversuch war?«

Die Kripo hatte den Fall anscheinend bereits abgeschlossen. Die Haustür war nicht versiegelt, ich konnte ohne

Probleme aufschließen. Als wir in den Flur traten, wurde mir auf einmal so übel, daß ich wieder in den Garten hinaus stürzte und mich neben der alten Buche übergab. Andy tauchte neben mir auf und reichte mir ein Papiertaschentuch.

»Sollen wir es lassen?«

Ich schüttelte den Kopf und ging voran, geradewegs in das Büro. Das Tablettenröhrchen hatten die Sanitäter mitgenommen, das Glas wahrscheinlich die Beamten der Mordkommission. Auch die Papiere, die Dale sonst immer ordentlich zu zwei Stapeln auf dem Schreibtisch geschichtet hatte, und der Terminkalender fehlten. Die Fläche des alten Nußbaumtisches war nun völlig leer, bis auf den Computer, eine Schreibunterlage und das Whiskyglas, in dem er Stifte aufbewahrte. Ansonsten sah der Raum aus wie immer: ein Regal voller Aktenordner in Reih und Glied, ein weiteres mit Gesetzestexten, Lexika und sonstigen Nachschlagewerken. An der dem Fenster gegenüberliegenden Wand hing sein altes Laura-Nyro-Poster – ein Plattencover-Motiv; hinter dem Schreibtisch ein Foto von mir, in Erfurt an einem Tag aufgenommen, an dem das Wetter wie heute zwischen Sonne und Regen schwankte, wodurch das Bild etwas Verschwommenes und Rätselhaftes bekam. Ich schluckte und blickte weg. Die Luft roch nach abgestandenem Qualm, Dales Zigaretten und Feuerzeug lagen noch auf dem Regal hinter dem Schreibtischstuhl. Andreas nahm die Schachtel in die Hand, öffnete sie und ließ die Zigaretten darin hin- und herrollen. Ich zog die unterste Schreibtischschublade auf. Im hintersten Teil des Fachs lag Dales Smith & Wesson, wie immer in dunkelblaues Samttuch eingeschlagen.

»Beschreib doch mal genau, wie es hier gestern abend aussah.«

Ich konzentrierte mich und begann mit dem Besucherstuhl vor dem Schreibtisch und dem Sessel am Fenster, die in meiner Erinnerung genau dort gestanden hatten, wo sie immer standen. Dann beschrieb ich den Schreibtisch mit dem Glas und dem Tablettenröhrchen, schließlich Dale selbst. Hier hakte Andreas nach.

»Wieso nasse Haare? Gestern hat es doch nicht geregnet.«

»Naß, feucht – so, als hätte er geduscht«, überlegte ich laut.

»Und? Meinst du, jemand duscht, bevor er sich umbringen will? Was hatte er an?«

Ich schloß die Augen, um das Bild entstehen zu lassen, verdrängte den auf der Tischplatte liegenden Kopf.

»Ein dunkelgrünes Leinenhemd und eine schwarze Jeans.«

»Also durchaus Sachen zum Weggehen.«

Ich nickte, mir wurde schon wieder übel.

»Zu dumm, daß der Terminkalender fehlt. Dann könnten wir sehen, ob er für nachmittags noch etwas eingetragen hatte.« Andy begann, im Raum herumzulaufen und noch einmal in alle Ecken zu sehen. Ich ging in die Küche, um mir etwas zu trinken zu holen.

Im Kühlschrank stand Grapefruitsaft, den Dale häufig nach dem Joggen trank, und eine Flasche Mineralwasser, was mich wunderte, da er in der letzten Zeit, die wir zusammengelebt hatten, wegen Magenproblemen kein zu kaltes Wasser mehr getrunken hatte. Meist hatte er sogar die Saftflaschen auf dem Büfett stehen lassen. Aber das war nun über drei Wochen her, vielleicht hatte sich sein Magen ja wieder beruhigt. Ich goß mir ein Glas Wasser ein und trank mit kleinen Schlucken. Nein, schoß es mir durch den Kopf, im Moment ging es seinem Magen wahrscheinlich überhaupt nicht gut. Meine Hand zitterte und umklammerte das Glas so fest, daß sich die Fingerspitzen taub anfühlten.

Andy kam in die Küche, blickte mich an und nahm mir das Glas aus der Hand.

»Keine Angst, es war Wasser«, konnte ich mir nicht verkneifen zu sagen.

»Ich will bloß nicht, daß du gleich die Scherben in der Hand hast.« Er öffnete die Spülmaschine, um es hineinzustellen.

Ich wollte gerade sagen, daß wir es mit der Hand spülen sollten, da wir nicht wußten, wann die Maschine wieder in Betrieb genommen würde, als ich stutzte. In der oberen rechten Ecke standen ein anderes Glas und eine Kaffeetasse. In diesen Bereich kam jedoch aufgrund eines Defektes zu wenig Wasser, so daß wir dort nie etwas hingestellt hatten – und das schon seit Monaten.

»So etwas vergißt man doch nicht auf einmal«, murmelte ich, während ich die Tasse vorsichtig herausnahm. Ganz schwach waren offensichtlich abgewischte Lippenstiftspuren am oberen Rand erkennbar.

»Das ist nicht gerade viel.« Hauptkommissar Hantzsche war, seit ich vor fünf Monaten einmal mit ihm zu tun gehabt hatte, noch dicker geworden. Sein Kugelbauch stieß gegen die Schreibtischplatte, auch wenn er in einigermaßen entspanntem Abstand dazu saß. »Eine Mineralwasserflasche entgegen sonstigen Gepflogenheiten im Kühlschrank und zwei Teile an der falschen Stelle in der Spülmaschine. Herr Ingram hat die Spülmaschine aber schon noch benutzt – als quasi Alleinstehender?«

Ich nickte. »Den Oberkorb, ja.« Hantzsche bemühte sich, entgegenkommend zu sein, wollte helfen. Er hatte sich sofort die Akte von seinen Kollegen geholt, schien nun aber auch keine Notwendigkeit zu sehen, den Fall neu aufzunehmen.

Ich fragte mich ja selbst, ob es Gründe dafür gab. Gestern abend hatte Andy mich überzeugt, daß es sich um einen Mordversuch handelte, er hatte mich soweit beruhigt, daß ich früh ins Bett gegangen war und sogar tief, fest und traumlos bis acht Uhr geschlafen hatte. Nun saßen wir gemeinsam hier, und ich merkte, wie die Verzweiflung wieder in mir hochstieg. Ich wollte aufstehen und weglaufen, nur fort von hier, von allem.

»Schauen Sie, die Kollegen haben keine verdächtigen Spuren gefunden, keinerlei Hinweis auf Fremdeinwirkung.« Hantzsche las den Bericht sehr aufmerksam. »Der Wirkstoff in Herrn Ingrams Mageninhalt entsprach dem der aufgefundenen Tabletten, und auf dem Röhrchen waren nur seine Fingerabdrücke. Es tut mir leid, aber es sieht alles danach aus, als habe Herr Ingram freiwillig die Tabletten geschluckt.«

Ich starrte die Schlieren auf der Fensterscheibe an. Andy legte mir die Hand auf den Oberschenkel.

»Und sein Terminkalender? War vorgestern am Nachmittag jemand bei ihm?« fragte er.

Hantzsche schüttelte den Kopf: »Offensichtlich nicht. Der einzige Eintrag war die Verabredung mit Ihnen, Frau Bertram.«

Ich nickte mechanisch, schaute zu Andreas, wollte endlich gehen. Der fuhr sich jedoch noch einmal nachdenklich durch seine kurzen blonden Haare. »Können Sie uns denn dann die Unterlagen geben, die Ihre Kollegen mitgenommen haben, wenn Sie nichts mehr machen wollen?«

»Sie wollen sich wohl wieder eigenmächtig in die Polizeiarbeit einmischen?«

»Wenn der Fall für Sie abgeschlossen ist, ist es doch wohl keine Polizeiarbeit mehr, oder? Was würde denn sonst mit den Unterlagen passieren?«

Hantzsches Blick blieb fest. »Die Unterlagen bleiben noch eine Zeitlang hier. Und Sie lassen die Finger von der Geschichte. Gehen wir doch mal davon aus, daß wir Herrn Ingram in ein paar Tagen selbst fragen können, warum es zu solch einer Kurzschlußhandlung gekommen ist.«

»Oder wer ihm da übel mitgespielt hat«, sagte Andreas.

Ich schwieg.

Renate Markward, von der niemand wußte, wie sie es ohne jegliche journalistische Qualifikation geschafft hatte, Chefin der Lokalredaktion Dresden zu werden, ließ es sich nicht nehmen, mir vorzuhalten, wie unzuverlässig mein gestriges Verhalten gewesen sei.

»Ich kann mir denken, wie enttäuscht Sie sind, daß wir Sie nach der Mutterschaftsvertretung nicht übernehmen können, aber so geht es wirklich nicht! Von Rechts wegen könnte ich verlangen, daß Sie nun am Freitag noch arbeiten.«

Trotz meiner depressiven Stimmung unterdrückte ich nur mit Mühe ein Lächeln. Die Markward mußte schokkiert gewesen sein, als sie erfuhr, daß der Chefredakteur mir einen unbefristeten Vertrag angeboten – und ich abgelehnt hatte. Trotz ungewisser Aussichten wollte ich mir einen alten Traum erfüllen und mit Andreas zusammen frei arbeiten. Ab nächster Woche. Wie hatte ich mich darauf gefreut ...

Renate Markward strich ihre untadelige blaßgraue Kostümjacke glatt. »Aber gut, nehmen Sie es als Abschiedsgeschenk: Wir verrechnen den Tag mit Ihren Überstunden.

Heute widmen Sie sich dann bitte den Polizeistatistiken für das erste Quartal des Jahres. Die Unterlagen liegen in der Ablage im Sekretariat.«

Eine kleine Rache mußte also bei aller Gnade sein. Sie wußte, daß ich Statistiken haßte. Jetzt war ich jedoch sogar froh über die stupide Arbeit. Wenigstens zeitweise konnte ich so meinen Gedanken entkommen.

Geradezu widerstrebend beendete ich gegen sieben die Arbeit mit den letzten aktuellen Meldungen und machte mich auf den Weg, um Andreas am Haus in der Antonstraße zu treffen. Nach dem Besuch bei Hantzsche heute morgen hatte er mich überredet, noch einmal Dales Büro zu durchsuchen. Plötzlich kam mir diese Idee wieder idiotisch vor.

»Was sollen wir finden, was die Bullen übersehen haben?« fragte ich ihn. Beim Anblick des Schreibtisches wurde mir schon wieder heiß und kalt. »Dale wollte sich umbringen, und ich muß damit fertig werden, so einfach ist das. Und das würde ich wirklich lieber in einer anderen Umgebung versuchen.«

Andy hatte sich jedoch schon an den Computer gesetzt und ihn hochgefahren. Kurz darauf blickte er mich fragend an: »Paßwort?« Er stand auf und überließ mir den Platz.

Ich mochte mich nicht auf den Schreibtischstuhl setzen, sondern blieb stehen und tippte »Margery« ein, den Vornamen von Dales toter Mutter. Als der Rechner arbeitete, trat ich zur Seite.

Andreas klickte die zuletzt abgespeicherten Seiten an, fand jedoch lediglich eine Rechnung, eine Spesenaufstellung sowie einen Brief an einen Neffen des Vorbesitzers seines Hause, in dem Dale noch einmal ruhig darlegte, daß die Vererbung vor zweieinhalb Jahren rechtens gewesen sei.

»Dale arbeitet kaum am Rechner«, sagte ich. »Er hält sowieso wenig schriftlich fest, und wenn, dann per Hand. Erst, wenn er etwas abgeben muß, tippt er es.«

Andreas nickte ungläubig, die Reaktion eines Journalisten, der alles am Computer verfaßte. Selbst der Liebesbrief zu meinem Geburtstag im Februar, der uns wieder zusammengeführt hatte, war getippt gewesen.

»Also werden seine aktuellen Notizen komplett bei der Kripo liegen«, überlegte er laut und blickte sich noch einmal in dem ordentlichen Büro um. »Oder?«

Ich schaute ihn einen Moment lang nachdenklich an, dann stand ich auf, ging in den Flur und kniete vor dem Pappkarton nieder, in dem wir immer das Altpapier gesammelt hatten. Seine »Sicherheitsablage« hatte Dale das einmal genannt, nachdem ich sie unwissend entsorgt hatte.

Ich holte nacheinander jede Zeitung, jede Zeitschrift, jedes Blatt Papier aus der Kiste. Gerade diese einzelnen Blätter schaute ich mir genau an, bis ich endlich, ziemlich genau in der Mitte des Stapels, auf einige zusammengeheftete, handbeschriebene Seiten stieß, die anscheinend nicht zur Entsorgung bestimmt waren. Andreas, der mir gefolgt war, blickte über meine Schulter, während ich las.

Die erste Seite hatte entfernte Ähnlichkeit mit den Statistiken, die ich heute vormittag bearbeitet hatte. Hier ging es um Einbrüche in ganz Sachsen, wobei Dale das bestohlene Geschäft und die Stadt jeweils nur in Klammern hinter die gestohlene Ware geschrieben hatte. Das Ganze war auch nicht geografisch, sondern chronologisch geordnet. In seiner klaren Handschrift hatte er vierzehn Daten der vergangenen zwei Monate aufgelistet, dann folgten Aufstellungen der entwendeten Waren – unglaublich detailliert –, dann erst kamen die bestohlenen Opfer.

Ich überlegte, ob die Dresdner Geschäfte auch heute in der Polizeistatistik aufgetaucht waren, konnte mich jedoch nicht erinnern. Warum hatte Dale hier einzeln Menge und Marken von Ringordnern und Lochern, von Shampooflaschen und Körperlotionen, von Katzenstreusäcken und Hundefutterdosen aufgelistet? Ratlos blickte ich auf die Aufstellung, als Andy nach den Werbezetteln griff, die nun zuoberst in dem Karton lagen.

»Sieh mal hier!« Er hielt mir einige Flugblätter entgegen. Sie stammten ebenfalls aus ganz Sachsen und warben für diverse Billigmärkte. Dale hatte auf jedes Blatt ein Datum geschrieben. Ich überflog die Zettel, schüttelte dann den Kopf.

»Die tauchen in der Liste der Bestohlenen nicht auf.«

»Aber irgendeinen Sinn muß es haben, daß er sie auch hier versteckt hat«, sagte Andy und legte die Blätter zur Seite. Sorgfältig sichteten wir den restlichen Kartoninhalt, fanden jedoch nichts mehr, was uns wichtig erschien. Schließlich beschlossen wir, die Unterlagen mitzunehmen und irgendwo eine Kleinigkeit zu essen.

Ich trank einen großen Schluck Whisky. Andy hatte darauf gedrängt, zum Inder zu gehen, obwohl das eine der teuersten Möglichkeiten war, in der Neustadt essen zu gehen. Er wollte nicht, daß ich Alkohol trank, und setzte darauf, daß sich indisches Essen damit nicht vertrug. So hatte er für sich auch eine Mango-Lassi bestellt, ich hingegen hatte gleich den Whisky und ein Bier geordert. Er fürchtete, daß ich abstürzte, das war mir klar, dabei spielte er aber eine Rolle, die Dale oft eingenommen, und die ich immer gehaßt hatte: die Rolle des Beschützers, desjenigen, der Entscheidungen für mich traf. Früher hatte es zwischen Andy und mir so etwas nie gegeben.

Ich blickte ihn über den Tisch hinweg an. Wenigstens sagte er nichts, sondern studierte aufmerksam die Speisekarte. Er sah so verdammt gut und gesund aus. Zwar schien er ständig leicht zuzunehmen, seine Wangenknochen aber waren noch immer so markant wie damals, vor fast zehn Jahren, als wir uns in der Redaktion des »Tageskurier« in Erfurt kennengelernt hatten. Seine Augen, die mich jetzt über den Rand der Karte hinweg anschauten, hatten dieses intensive grüne Strahlen, das mich schon damals fasziniert hatte.

Ich wollte abstürzen. Ich wollte vergessen können, daß ich mit meiner Entscheidung für Andy an Dales Zustand schuld war. Hätten wir uns nicht getrennt, wäre ich schließlich dort gewesen – und, falls es ein Mordversuch war, hätte ich ihn viel früher gefunden und hätte den Besucher möglicherweise gesehen.

Unfug, sagte eine rationale Stimme in mir. Du hättest genausogut noch einen beruflichen Termin haben können, du hast in den seltensten Fällen Dales Klienten gesehen, da er sie immer direkt von der Tür in sein Büro geleitete. Und dennoch ... Ich trank den Whisky aus.

»Gar keine feste Nahrung für dich?« fragte Andreas.

Ich zuckte die Schultern. »Ich nehme nur eine Vorspeisenportion Tandoori. Ich dachte, du wolltest auch mal wieder etwas weniger essen«, schob ich gehässig hinterher.

»Ja, eigentlich«, entgegnete er ruhig und winkte dem Kellner, der stilecht ein weißes Gewand und einen großen Turban trug, bestellte die Vorspeise für mich und eine große Portion Lamm im Tontopf mit einem Extra-Brot für sich. Dann breitete er Dales Papiere auf dem Tisch aus, holte einen Kuli aus der Innentasche seiner Kordjacke und fuhr damit über die Zettel. Abwesend betrachtete ich ihn, wie er die Blätter hin und her schob, die Augenbrauen zusammenzog, wobei eine tiefe senkrechte Falte über der Nasenwurzel entstand.

Ich war direkt nach meinem Volontariat im Ruhrgebiet nach Erfurt gekommen. Andreas, ein halbes Jahr jünger als ich und damals erst 26, hatte nicht nur studiert und volontiert, sondern auch bereits ein Jahr als Redakteur bei einer Berliner Zeitung gearbeitet. Er schien mir soviel erfahrener, gleichzeitig so lebendig und unternehmungslustig. Fast auf Anhieb verliebten wir uns ineinander – und dann lernte ich bei einem Termin Dale kennen ...

»Ich hab's! Natürlich!« rief Andreas plötzlich.

Genau in diesem Moment brachte der Kellner unser Essen. Als die geheimnisvoll duftenden Teller und Schüsseln angerichtet waren, brach ich ein Stück von Andys Weißbrot ab und tunkte es in seine Soße. Fragend sah ich ihn an.

Er lächelte leicht, hielt mir dann Dales Aufstellung und die Flugblätter hin. »Es ist eigentlich ganz einfach. Vergleich mal die Daten: Hier wurden einem Schreibwarenhändler in Görlitz unter anderem zehn Kartons à fünfzig Leitz-Ordner gestohlen – und nur drei Tage später tauchen bei ›Gutes Günstig‹ in Pirna ›Marken-Ordner‹ im Angebot auf. Hier hat ein Meißner Drogeriemarkt zweihundertfünfzig Flaschen Nivea-Shampoo eingebüßt – und in der nächsten Woche gibt es bei ›Mac Billig‹ hier in Dresden Kindershampoo.« Er brach sich ebenfalls ein Stück Brot ab und fuhr damit in die Soße. »Ich bin nicht sofort drauf gekommen, weil die Termine nicht alle so nah beieinander liegen, und«, er nahm einen Bissen und redete mit vollem Mund weiter, »die Billigläden selten die Marken angeben, aber das muß die Verbindung sein, die Dale gesehen hat.«

Ich spülte das Brot mit einem Schluck Bier hinunter. »Diese Billigmärkte haben aber doch immer ungefähr das gleiche Sortiment. Schreibwaren und Drogerieartikel kannst du da ja eigentlich immer kriegen.«

»Na ja». Andy widmete sich seinem Lamm. »Vielleicht haben sie immer genug Nachschub, doch ich könnte mir gut vorstellen, daß Dale da einen Hehlerring ausgemacht hat.«

2. Kapitel

Er sah unglaublich schmal aus, wie er da in diesem weißen Krankenhaushemd im Bett lag. Schläuche, wohin ich blickte. Ich bemühte mich, unter dem blaugrünen Mundschutz flach zu atmen und den Desinfektionsgeruch zu ignorieren, von dem mir übel wurde. Seine Haut schimmerte noch immer leicht getönt, der Mund hingegen war fast farblos.

Damals, bei unserem ersten Treffen in Erfurt, hatte Dale sehr blaß ausgesehen. Es war Ende November, kaltes Schmuddelwetter; und die bulgarische Gaststätte in einem heruntergekommenen Viertel der Domstadt wirkte nicht besonders anziehend. Hierhin bestellte Dale seine Klienten, da er nicht das Risiko eingehen wollte, sie in seine Wohnung einzuladen. Damals war er ziemlich vorsichtig gewesen ...

Schon für mich war so kurz nach der sogenannten Wende das ganze Leben im Osten Deutschlands fremd – für ihn, der erst vor einem halben Jahr Amerika verlassen hatte, war es ein komplett anderes Universum, das wenig mit dem zu tun hatte, was er auf der deutschsprachigen High-School gelernt hatte.

Das Zusammensein mit ihm war von Anfang an ganz anders gewesen als das Leben mit Andy. Da gab es keine sprühenden Funken, keine unwiderstehliche Anziehungskraft, dafür war da eine ganz andere Tiefe, eine Faszination, die seine Persönlichkeit sofort auf mich ausübte. Ich wollte mehr über ihn erfahren – und hatte ja auch einen Grund dafür, redete ich mir ein, schließlich wollte ich ein Porträt über den ersten Privatdetektiv Erfurts schreiben.

Deshalb saßen wir damals auch fast drei Stunden in dem Restaurant, aßen und tranken wenig, rauchten viel, redeten noch mehr, und am nächsten Tag wußte ich nicht, wie ich Andreas begegnen sollte – obwohl überhaupt nichts passiert war …

Ich spürte, wie mir schon wieder das Schluchzen in der Kehle hochstieg, während ich neben Dales Bett saß und ins Leere starrte. Ich konnte mit der Situation noch schlechter umgehen, als ich gedacht hatte. Gestern abend hatte Andreas mich irgendwann angeraunzt, ich solle mich nicht so in meinem Elend aalen, und vielleicht würde es mir helfen, wenn ich Dale einmal sehen würde. Schließlich lebte er noch – auch wenn ich schon um ihn zu trauern schien.

Meinen Einwand, daß die Ärzte mich nicht zu ihm lassen würden, wies er zurück – und er hatte recht. Doktor Lorenz, der freundliche junge Arzt, stimmte sofort zu, als ich ihm sagte, daß Dale keine Angehörigen mehr hatte – weder hier noch in den USA, und ich ihm noch immer sehr nahe stand.

Tatsache war, daß ich die ganze Zeit auch Angst davor gehabt hatte, Dale zu sehen, und nun meine Hilflosigkeit noch stärker spürte. Das Gegengift hatte nicht gewirkt, der Arzt erschien ziemlich ratlos.

Ich zwang mich zu reden, da Doktor Lorenz gesagt hatte, es sei durchaus möglich, daß ein Komapatient alles mitbekäme. Ich sagte Dale, wie leid es mir täte, wie sehr ich ihn doch noch immer lieben würde, auch wenn – hier wußte ich nicht weiter, und ich hörte fast seine Entgegnung: »Auch wenn du mal wieder nicht weißt, was du willst.«

»Ich bin ziemlich verkatert heute, weil ich gedacht habe, es hilft mir zu vergessen, wenn ich mich betrinke, weißt du? Aber es wurde dann nur noch schlimmer dadurch. Und jetzt muß ich heute nachmittag noch mit den Kollegen Sekt trinken. Auf meinen letzten Tag.«

Falls er tatsächlich irgend etwas mitbekam, zeigte er jedoch keine Regung. Die Augen waren fest geschlossen. Nur einmal meinte ich, ein winziges Flattern der Lider zu sehen. Die Apparate rauschten und tickten, mein eigenes Herz schlug heftig und schnell; ich beugte mich noch einmal über ihn und sagte, wie sehr ich mir wünschte, alles ungeschehen machen zu können.

In der Redaktion hatte ich mich kaum mit einer Tasse Kaffee an meinen Schreibtisch gesetzt, als Andreas anrief und mir mitteilte, daß wir um zwölf Uhr einen Termin mit Ria Meyerhof hätten, der Inhaberin von »Rias Schnäppchenmarkt« auf der Königsbrücker Straße.

»Wieso wir? Das kannst du doch auch alleine machen.«

»Bist du im Streß? Oder haben die Aspirin noch nicht gewirkt?« Während ich noch eine passende Antwort suchte, fragte er sehr viel sanfter: »Wie war es bei Dale?«

»Schrecklich«, sagte ich leise.

»Dann wird dir ein kleiner Spaziergang und ein bißchen Detektivarbeit guttun.«

Er holte mich um Viertel vor zwölf ab, und tatsächlich war ich froh, an die frische Luft zu kommen. Die Chefin war ganz begeistert gewesen, daß ich an meinem letzten Tag noch eine Geschichte machen wollte. Sogar zu einem »Lassen Sie es aber langsam angehen, Sie sehen ein bißchen blaß aus« hatte sie sich hinreißen lassen. Wahrscheinlich stimmte die Aussicht auf meinen Abschied sie milde.

»Glaub bloß nicht, daß es leicht war, den Termin zu bekommen.« Andy hatte mich in den Arm genommen. Wir schlenderten in der warmen Frühlingssonne über den

Albertplatz, wo zahlreiche Menschen auf Straßenbahnen warteten, Kinder sich an einem der beiden großen, runden Brunnen gegenseitig naß spritzten, und eine alte Frau kleine, bunte Wiesensträußchen verkaufte. Vögel zwitscherten in den Bäumen, und ich dachte auf einmal, daß doch noch alles gut werden konnte. »Bei ›Mac Billig‹ und ›Geizig & Co‹ war überhaupt nichts zu machen, und bei der guten Frau Meyerhof mußte ich auch erst bitten und betteln und auf den Werbeeffekt hinweisen.«

»Als was hast du dich angekündigt?« Unter seiner offenen Jacke legte ich ihm den Arm um die Hüfte.

»Ganz real als freier Journalist. Ich hoffe, ich kann daraus auch was machen. Die Läden gibt es ja in allen Städten, und so langsam muß ich nach dem Umzug mal wieder ans Geldverdienen kommen.«

Ich nickte. Andys bisherige Erfahrungen als Freiberufler ermutigten eigentlich kaum dazu, die Möglichkeit einer festen Anstellung in den Wind zu schlagen.

Wenige Minuten später standen wir auch schon in »Rias Schnäppchenmarkt«, einem riesigen Laden, in dem ich selbst schon häufig Shampoo und Duschlotion eingekauft hatte. Wir fragten an der Kasse nach Frau Meyerhof und wurden an eine Verkäuferin verwiesen, die uns in ein Hinterzimmer geleitete, das offensichtlich als Aufenthaltsraum für die Angestellten diente. Zwei Frauen saßen dort und blätterten in Zeitschriften, die Ältere aß ein belegtes Brötchen, die Jüngere Instantsuppe aus einer Plastikschale.

»Guten Appetit«, wünschte ich.

Die Grauhaarige nickte freundlich, die andere blickte kaum von ihrer Lektüre auf. Da erschien Ria Meyerhof auch schon in der Tür zu ihrem Büro und bat uns hinein. Sie war knapp fünfzig und wirkte sehr elegant in ihrem schlichten Hosenanzug und dem perfekten Make-up. Mit einer Handbewegung wies sie auf zwei Stühle vor ihrem Schreibtisch, der fast den gesamten Raum einnahm.

»Darf ich ihnen einen Kaffee anbieten?«

Als wir nickten, ging sie noch einmal in den Aufenthaltsraum, kehrte mit zwei Tassen zurück und schob Milch und Zucker auf unsere Seite des Tisches.

Nach einem Schluck Kaffee räusperte ich mich und sagte, daß mein Kollege ihr wohl schon am Telefon erklärt hätte, daß wir über das starke Aufkommen der Billigmärkte schreiben würden.

»Wir bevorzugen den Ausdruck ›Discount-Shops‹«, begann Frau Meyerhof mit einem feinen Lächeln. »Die Erklärung ist ganz einfach – auch wenn immer wieder schlimme Gerüchte über uns in die Welt gesetzt werden: Wir bekommen Ladenlokale zu guten Konditionen, kaufen unsere Ware in großen Mengen günstig ein und haben wenig Unkosten. Das so eingesparte Geld können wir an unsere Kunden weitergeben.«

Ja, Tariflohn bekommt wohl keine Ihrer Angestellten, dachte ich, fragte jedoch laut nach den Möglichkeiten, so große Läden wie ihren Markt günstig zu mieten.

»Sie werden doch wissen, daß es in Dresden einen Gebäudeüberschuß gibt. Als Gewerbetreibender ist man da in einer guten Verhandlungsposition.«

Das stimmte natürlich. Auch wir bezahlten für unsere Wohnung nur etwa achtzig Prozent dessen, was wir in anderen Städten ausgeben müßten.

»Die Unkosten halten Sie mit geringen Personalkosten niedrig?« fragte Andreas höflich.

Frau Meyerhof nickte. »Ja, ich beschäftige nur Aushilfen auf 325 Euro-Basis. Und viel Personal brauchen Sie in solch einem Shop nicht.«

»Gut, kommen wir zu der Ware. Woher beziehen Sie die?«

»Aus Lagerauflösungen, Transportschäden, Konkursmasse. Da gibt es viele gut eingespielte Wege.« Sie wirkte sehr sicher und trank gelassen einen Schluck Kaffee.

»Aber Sie haben doch in etwa immer das gleiche Sortiment?« hakte ich nach. »Wie können Sie das bewerkstelligen?«

»Es gibt da gut eingespielte Verbindungen, Zwischenhändler, die schon wissen, wer an welchen Waren Interesse hat, und die sich dann mit uns in Verbindung setzen.«

»Das ist ja spannend.« Andy richtete sich in seinem Stuhl auf. »Könnten Sie uns wohl einen solchen Zwischenhändler nennen, damit wir ihn auch noch für den Artikel befragen können?«

Ria Meyerhof blickte auf eine zierliche Armbanduhr: »Nicht, ohne vorher zu fragen. Und jetzt, zur Mittagszeit, erreiche ich ohnehin niemanden. Aber wenn Sie mir Ihre Karte dalassen, setze ich mich nächste Woche mit Ihnen in Verbindung.«

Andreas fragte, ob sie für ein Foto im Laden posieren würde, und hoffte wohl, sie würde mich alleine im Büro lassen. Daraus wurde jedoch nichts, sie machte deutlich, daß sie uns danach gleich loswerden wollte. So konnte ich mich bloß ein wenig im Geschäft umblicken, wo die beiden Frauen, deren Pause vorbei war, nun Regale auffüllten. Die Kartons, aus denen sie die Waren holten, waren Originalverpackungen.

»Das war ja wohl ziemlich durchsichtig. So ein Zwischenhändler hat doch auf jeden Fall ein Handy«, sagte ich, sobald wir wieder auf der Königsbrücker Straße standen.

»Und keine geregelten Arbeitszeiten«, ergänzte Andy.

»You know I can't let you slide through my hands«, dröhnte es aus dem Wohnzimmer, als ich nach Hause kam. »Wild horses couldn't drag me away.«

Andy trat aus dem Arbeitszimmer, in der Hand eine Flasche Bier. »Ich hab erst mal die Anlage aufgebaut. Dann ist das Herumschrauben nicht ganz so stupide. Ich habe sowieso schon richtigen Muskelkater.« Er massierte mit der linken Hand seinen rechten Oberarm. »Ich kriege kaum noch die Bierflasche hoch.«

Ich lachte. »Ein bißchen Training tut dir bestimmt ganz gut«, sagte ich und ging in Deckung, als er sich einen Hammer griff. »Okay, jetzt übernehme ich das Schrauben.« Dann berichtete ich, daß ich am Nachmittag noch mit der Polizeisprecherin telefoniert hatte, in der Hoffnung, etwas über diese Zwischenhändler zu erfahren, von denen Ria Meyerhof gesprochen hatte.

»Besonders ergiebig war das nicht. Sie hat mir bestätigt, daß es sich da durchaus um einen grauen Markt handeln kann – aber da die Polizei immer nur einem konkreten Verdacht nachgeht, und es den bislang wohl noch nicht gab, wissen sie auch nichts.«

Andreas kramte einige Schrauben und Dübel aus einer Kiste in der Küche, drückte sie mir in die Hand und bugsierte mich ins Arbeitszimmer, wo noch etliche Regale aufgebaut werden mußten.

Ich zog meinen Seidenpullover aus und ein altes Hemd von ihm, das über einem Stuhl hing, über, und begann zu arbeiten. Andreas ging ins Wohnzimmer, wo die Musik verstummt war. Anscheinend hatte er seine ganzen alten »Stones«-Platten aus einem Umzugskarton gezaubert, denn kurz darauf erklang »Rocks Off«. Mit Dales Aufzeichnungen in der Hand, kehrte er zu mir zurück.

»Falls ich recht habe und diese Geschichte etwas mit

dem Anschlag auf Dale zu tun hat …« Vorsichtig blickte er mich an, als ob er erwartete, daß allein die Nennung des Namens mich wieder ins Bodenlose fallen lassen würde. Ich nickte nur. »Dann muß da auf jeden Fall mehr dahinterstecken. Dale hat ja auch die Diebstähle und die Discountmärkte aus ganz Sachsen hier aufgelistet.«

Ich nickte wieder und setzte den Akkuschrauber an. Die durch den Sekt etwas weniger trübe Laune, in der ich nach Hause gekommen war, verflog allmählich. Was für einen Sinn sollte es haben, Dales Fall nachzugehen, wenn er sich umbringen wollte?

»Kennst du die bestohlenen Geschäfte hier in Dresden eigentlich? Also, wie sie gelegen sind, wo sie Lagerräume haben?«

Als er begann, die Namen vorzulesen, hielt ich inne. »Warte mal, die gehören doch alle zu diesem relativ neuen ›Cityring‹.«

Frauke Pistorek hatte einmal mehr kostenlose Werbung verfaßt. Ihr Artikel über die erste Versammlung des »Cityrings« vor sechs Monaten beschrieb eingehend die Leistungen der Altstadt-Einzelhändler sowie ihre Sorgen und Probleme, zu denen auch die Billigmärkte zählten.

Wir saßen an dem Schreibtisch in der Redaktion, den ich bis vor wenigen Stunden »meinen« genannt hatte, vor uns auf dem Schirm der Archivtext. Zum Glück hatte ich heute nachmittag, als ich nach dem Sektumtrunk den Generalschlüssel zurückgeben wollte, in der Verwaltung niemanden mehr angetroffen. Mein Magen knurrte. Nachdem mir der Zusammenhang aufgefallen war, waren wir sofort losgelaufen, nun war es schon gleich halb neun, und ich hatte, abgesehen von einem belegten Brötchen nach unserem Besuch bei Ria Meyerhof, den ganzen Tag noch nichts gegessen. Ich schickte den Artikel auf den Drucker.

»Da, hast du das gesehen?« Andy tippte auf den Monitor: »›Um Fixkosten einzusparen, unterhält der Cityring ein gemeinsames Zwischenlager an der Breitscheidstraße.‹ Das erklärt natürlich einiges. Weißt du, wo das ist?«

»Dale würde sich vermutlich da nächtelang auf die Lauer legen, oder?« fragte Andreas.

Wir saßen in dem großen, gutbürgerlichen Restaurant »An der Rennbahn«. Hier draußen hatte Dresden wenig Barockes oder Gründerzeitliches, es dominierten nichtssagende, nach dem Krieg erbaute Häuser. Das Restaurant allerdings war ein schöner alter Bau mit einem bereits jetzt, obwohl die Zweige noch kahl waren, herrlich anzusehenden Lindengarten vor dem Eingang. Hinter dem Gelände der Rennbahn begann rechter Hand das Gewerbegebiet Breitscheidstraße, wo wir jedoch im Dunkeln absolut nichts hatten erkennen können. Da mir mittlerweile schlecht vor Hunger gewesen war, hatte ich Andys alten Golf kurz entschlossen gegenüber der festlich beleuchteten Gaststätte geparkt und saß nun vor einem Cordon Bleu mit Pommes Frites und Salat, während Andy nur eine Soljanka bestellt hatte. Ich betrachtete das Essen und zwang mich, ein Stück Fleisch in den Mund zu schieben.

»Ja«, begann ich, nachdem ich den Bissen hinuntergeschluckt hatte. »Er sagt immer, Detektivarbeit sei zu neunzig Prozent Geduld und zu zehn Prozent Kombinationsgabe.« Ich trank einen Schluck Bier, schloß für einen Moment die Augen und sprach dann endlich meine Zweifel an dem Sinn unserer hektischen Aktivität aus.

»Er wollte sich nicht umbringen. Verdammt, darauf würde ich wirklich meinen letzten Pfennig verwetten!« Besorgt schaute Andreas mich an. »Warum versuchst du nicht wenigstens, daran zu glauben?«

Ich nahm mir noch eine Gabel Pommes Frites, schob dann den Teller weg. »Also gut, ich versuche es.«

»Kirsten, ich denke, wir sind uns einig, daß Dale ein sehr gründlicher Mensch ist, oder?« Zögernd nickte ich. »Und warum glaubst du dann nicht, daß er auch seinen Selbstmord richtig angepackt hätte? Wenn er sich hätte töten wollen, dann wäre er jetzt auch tot!«

Ich schnappte nach Luft. »Du machst es dir ja einfach. Wirklich klasse!« Gleichzeitig spürte ich, daß es falsch war, auf Andreas wütend zu sein. Eigentlich hörte sich das gar nicht so dumm an. Ich trank noch einen großen Schluck Bier und drängte die Tränen zurück. »Ja, vielleicht.«

»Kennst du denn eigentlich keine Freunde von Dale, mit denen du mal sprechen könntest?« fragte Andy ruhig nach. Er hatte seine Suppe gegessen und schaute grübelnd auf das Cordon Bleu.

Ich zuckte die Achseln. »Doch, Martin.« Ich hatte nie begriffen, was Dale an dem farblosen Englischlehrer fand.

»Dann ruf diesen Martin doch gleich mal an«, drängte Andreas und zog kurz entschlossen meinen Teller zu sich hin. Auch seine Stimme klang wieder energischer. »Und um die Einbrüche kümmern wir uns auf jeden Fall noch. Da kann schließlich auch eine spannende Geschichte für uns drin sein. Ein Hehlerring, der in ganz Sachsen arbeitet, das ist doch was. Von irgend etwas müssen wir in Zukunft ja unsere Miete zahlen.«

»Hey! Was wollen Sie hier?« Die laute Stimme gehörte zu einem großen, schlanken Mann Anfang Zwanzig in schwarzer Uniform. Als er näher herankam, konnte ich die Aufnäher City-Wachdienst lesen.

»Nichts«, begann Andreas. »Wir –«

»Wir machen demnächst eine kleine Boutique in der Prager Straße auf«, fiel ich ihm ins Wort, »und überlegen, ob wir dem ›Cityring‹ beitreten.«

Der junge Mann nickte nur. Ich hätte wohl eher Buchladen sagen sollen, denn nach Boutique sahen wir beide in unseren Jeans und T-Shirts wirklich nicht aus. Andys Cordjacke wies außerdem noch deutliche Spuren vom Besuch in der Holzabteilung des Baumarkts auf. Schnell fuhr ich fort: »Das hat ja auf jeden Fall Vorteile, aber wir haben von den Einbrüchen hier in dem gemeinsamen Lager gehört und wollten uns deshalb mal umschauen.« Ich taxierte das schwere Metalltor.

»Was für Einbrüche?« Der Wachmann zog eine Schachtel Zigaretten aus der Uniformjacke, riß das Cellophan ab und zündete sich umständlich eine an, während er uns mißtrauisch betrachtete.

»Ist denn nicht in den letzten zwei Monaten hier mehrmals eingebrochen worden?« Ob der Wachdienst Anweisungen hatte, nichts darüber zu sagen? »Wir verstehen natürlich, wenn Sie das nicht an die große Glocke hängen wollen.«

»Also, ich weiß nicht, wovon Sie reden, aber wenn Sie das Gelände hier für einen Einbruch ausspionieren wollen, dann sind Sie bei mir an der falschen Adresse.«

»So viel zu ›auf die Lauer legen‹«, sagte ich, als wir wieder im Auto saßen. »Das ist garantiert so ein Fall, wo Dale etliche Nächte hier war.«

Andy steckte den Schlüssel ins Zündschloß, drehte ihn jedoch noch nicht herum. Zwischen unseren Sitzen steckte die massive Buchenplatte, die wir als Arbeitsfläche in der Küche nutzen wollten.

»Wahrscheinlich hat der Wachdienst da seine Finger mit drin. Hat es Sinn, jetzt noch mal bei den Bullen vorbeizufahren, ob die etwas zu den Diebstählen haben?«

»Weiß nicht. Beim Einbruchsdezernat kenne ich niemanden. Wir können es ja bei der Pressesprecherin versuchen.« Auf einmal erschien mir alles wieder so sinnlos. Wie sollten wir so nebenher einen Fall knacken, an dem Dale wahrscheinlich Wochen gesessen und der vielleicht zu einem Mordanschlag auf ihn geführt hatte. Vielleicht ...

Angestrengt blickte ich aus dem Fenster, da mir schon wieder Tränen in die Augen stiegen. Andreas hatte den Wagen angelassen und fuhr langsam die Stichstraße entlang. Als er an der Einmündung zur Breitscheider halten mußte, sagte er: »Na gut, machen wir uns erst mal an unsere Küche. Dann hast du die Verabredung mit Martin. Und heute nacht sollten wir das Lager observieren. Vielleicht haben wir ja Glück und sehen tatsächlich etwas.«

Ich zuckte nur die Schultern, während mir die Tränen über das Gesicht liefen. Als wir wieder in der Neustadt ankamen, schluchzte ich noch immer vor mich hin. Zusammen trugen wir die große Holzplatte hoch in den zweiten Stock, dann lief ich ins Schlafzimmer, warf mich auf das ungemachte Bett und wühlte mich unter die Decke. Andreas hantierte in der Küche. Nach einer Weile kam er mit einer Tasse heißem Kakao und einer Tafel Schokolade zu mir.

»Hier, Nervennahrung.«

»Mit Schuß?«

Andy schüttelte den Kopf, und ich trank einen Schluck. Er öffnete die Schokolade und brach einen Riegel ab, um ihn mir hinzuhalten. Als ich den Kopf schüttelte, schob er ihn sich in den Mund.

»Da soll man abnehmen, wenn man immer für dich mit essen muß.«

Fast ungewollt mußte ich lachen und kniff ihn in die Seite. »Du Armer. Na gut, ich erbarme mich.« Ich nahm ihm die Schokolade weg und legte sie auf die andere Bettseite. Er griff danach, doch ich hielt den Arm fest. Er beugte sich nach unten, küßte mich und begann, meinen Hals zu streicheln. Als seine Hand unter mein T-Shirt fuhr, schossen mir wieder Tränen in die Augen.

»Nicht. Es tut mir leid. Es geht nicht.«

Er gab mir noch einen Kuß auf den Hals und legte sich neben mich. Einige Minuten schwiegen wir, dann sagte er betont sachlich: »Weißt du, was ich mich frage: Ob es umkehrt genauso wäre. Wenn du noch mit Dale zusammen wärst und ich dort liegen würde.«

Ziemlich widerstrebend machte ich mich um halb drei auf den Weg nach Pieschen. Martin war am Telefon recht reserviert gewesen, hatte jedoch sofort eingewilligt, mich heute zu treffen, als ich sagte, es ginge um Dale. Seltsam, daß er nicht nachgefragt hatte, was los war, dachte ich, als ich in der Linie 13 saß und die Bürgerstraße entlang ruckelte.

In Altpieschen stieg ich aus, lief bis auf die Leipziger Straße und schaute nach links. Ja, dort war das Eckhaus mit dem italienischen Restaurant im Erdgeschoß, das Martin beschrieben hatte. Ich war noch nie bei ihm zu Hause gewesen, hatte ihn nur ein paarmal getroffen, wenn er Dale besucht hatte. Ein ungemein höflicher, ruhiger Mann Ende Dreißig, langweilig. Aber wer weiß, vielleicht dachte er das Gleiche von mir. Dale und er hatten sich oft stundenlang unterhalten – was ich bislang bei Männern kaum kannte.

Ich stieg das aufwendig sanierte Treppenhaus des eleganten Mietshauses aus der Gründerzeit hoch, zupfte dabei an meinem Blazer herum und kratzte mit dem Fingernagel an einem Flecken am Kragen. Martin empfing mich an der Tür im dritten Stock. Er lächelte kaum, als ich eine Bemerkung über die Höhe und meine Atemlosigkeit machte, und führte mich ins Wohnzimmer. Er fragte, ob ich einen Kaffee wolle, und verschwand wieder.

Die Wände des Raums waren vom Boden bis zur Decke mit Bücherregalen bedeckt. Durch zwei große Fenster ohne Gardinen sah man auf die Elbe. Das Stehpult vor dem rechten Fenster schien eine aus Goethes Zeiten stammende Dekoration zu sein. Das helle Sofa wirkte ebenso einladend wie der alte Lehnsessel, in den ich mich gesetzt hatte. Insgesamt, so mußte ich zugeben, sah alles sehr sympathisch und geschmackvoll aus.

Martin kehrte zurück, stellte Kaffeegeschirr und eine Schale mit Keksen auf den niedrigen Birkentisch und setzte sich auf die äußerste Kante des Sofas.

»Der Kaffee braucht noch einen Augenblick.«

Ich nickte, wußte nicht so recht, was ich sagen sollte. Martin trug eine helle Jeans und ein blau-rotes Holzfällerhemd, seine wenigen dunklen Haare waren ziemlich lang, sie stießen fast auf die Schultern. Er hatte sie in einer Art nachlässig nach hinten gekämmt, die ich für Absicht hielt.

»Schön hast du's hier«, sagte ich schließlich.

Nun nickte er. »Danke. Ich hänge auch sehr an der Wohnung. Meine Freundin will immer, daß wir uns außerhalb ein Haus kaufen, aber ich möchte hier nicht weg.«

»Kann ich verstehen.« Ich hatte nicht gewußt, daß Martin überhaupt eine Freundin hatte.

Wieder saßen wir einen Moment schweigend da. Endlich stand er auf, um den Kaffee zu holen, schenkte uns beiden ein und ließ sich danach richtig auf dem Sofa nieder.

»Du hast gesagt, du willst wegen Dale mit mir reden«, begann er. »Ich nehme an, es geht um eure Trennung?«

Der Ausdruck in seinen Augen war schwer zu beschreiben: abweisend, ärgerlich, aber auch hoffnungsvoll.

»Nicht direkt, nein. Es ist, Dale hat ... Ich habe ihn am Montagabend bewußtlos in seinem Büro gefunden. Eine Überdosis Schlaftabletten. Er liegt noch im Koma.« Ich holte tief Luft.

»Verdammt!« Danach sagte Martin einen Augenblick lang gar nichts. Schließlich fragte er, in welchem Krankenhaus Dale sei.

»Uniklinik«, stieß ich zu laut hervor.

»Gut.« Er nickte und trank einen Schluck Kaffee. »Und was willst du von mir?« Als er mich nun anschaute, fühlte ich mich, als hätte er mir eine Ohrfeige verpaßt.

»Ich dachte, du kannst mir vielleicht sagen, wie es ihm in der letzten Zeit ging«, sagte ich leise. »Es ist nämlich nicht sicher, ob –«

»Da reicht deine Phantasie wohl nicht aus, um dir das vorzustellen, was?« schnitt er mir das Wort ab. »Was meinst du denn, wie es ihm ging? Er war am Boden zerstört. Er sagte zu mir, daß er nur noch wie eine Maschine funktioniert.« Martin hielt seine Kaffeetasse mit beiden Händen umfaßt und starrte hinein. »Er ließ den Schmerz nicht an sich herankommen. Vielleicht hätte er es tun sollen.« Nach einer Pause schaute er auf. »Was ist nicht sicher?«

»Nichts. Es tut mir leid, daß ich dich belästigt habe. Vielen Dank für den Kaffee.« Ich stürzte beinahe über ein Paar Schuhe im Flur, als ich aus der Wohnung stolperte.

3. Kapitel

Ohne nach rechts und links zu gucken, lief ich zur Elbe hinunter. Ein wenig Wind war aufgekommen, der mir die Haare ins Gesicht wehte, worüber ich froh war, denn so fühlte ich mich etwas vor neugierigen Blicken geschützt. Ich weinte, fluchte und verwünschte mich selbst und Andy. Und Dale.

Das Gehen beruhigte mich ein wenig. Als mir allerdings am Neustädter Hafen eine johlende Schar junger Radfahrer entgegenkam, bog ich flüchtend in die Uferstraße ein und fand mich kurz darauf am Bahnhof wieder. Ohne etwas zu sehen, blickte ich die Antonstraße entlang.

Ich wollte nicht zurück in Andys und meine Wohnung. Im »Café de Paris« würde ich kaum jemanden treffen, den ich kannte, also setzte ich mich an einen Tisch am Fenster und bestellte einen Cognac. Ich betrachtete die hohe, gewölbte Decke und überlegte, wohin ich gehen könnte. In Dales Haus? Schon bei dem Gedanken lief mir eine Gänsehaut über den Rücken. In eine Pension? Ich bestellte den zweiten Cognac.

Als ich auf die große Uhr über der Theke schaute, war es bereits halb sechs. Andreas würde sich Sorgen machen, ich sollte ihn zumindest anrufen. Die Bedienung mit den kurzen blonden Haaren wollte mich anscheinend zuerst auf den Bahnhofsvorplatz in eine öffentliche Telefonzelle schicken, nach einem Blick in mein Gesicht überlegte sie es sich jedoch anders und reichte einen alten grauen Apparat über die Theke. Andy ließ mich kaum zu Wort kommen, fragte nur, wo ich sei, und kündigte an, sofort zu kommen. Ich bedankte mich bei der Kellnerin und ging auf die Toilette, wusch mein Gesicht mit kaltem Wasser ab. Danach bestellte ich einen Milchkaffee.

Als Andreas kam, stand jedoch noch immer das leere Cognac-Glas vor mir auf dem Tisch. Er musterte es kurz, fragte aber nur, ob ich auch einen Kaffee wolle. Ich zeigte auf die Kellnerin, die gerade mit einer großen Tasse auf uns zusteuerte.

»Ich bin mit dem Auto gekommen, das brauchen wir ja gleich sowieso noch«, sagte er.

Anstatt darauf einzugehen, gab ich wieder, was Martin gesagt hatte. »Falls wir noch eine Bestätigung brauchten, daß er sich umbringen wollte, war es das ja wohl.«

Andy schüttelte den Kopf und drehte an dem Aschenbecher herum. »Ich glaube ja, daß er wirklich deprimiert war, aber das heißt nicht, daß er sich auch umbringen wollte.«

Von einem Abblasen unserer Recherchen wollte Andreas nichts hören, sondern wiederholte noch einmal, daß die Geschichte auch guten Stoff für einen Artikel abgeben würde, und drängte zum Aufbruch.

Ich trank meinen Kaffee und schaute ihn an. Ich konnte mich nicht erinnern, daß er mir jemals so fremd gewesen wäre wie in diesem Moment. »Wenn du willst, dann fahr. Ich hab dich nur angerufen, damit du Bescheid weißt, daß mir nichts passiert ist. Du hättest gar nicht herkommen müssen.«

Andreas holte Luft und setzte zu einer Entgegnung an. Ich fuhr dazwischen: »Ich gehe jetzt nach Hause.«

Sein Blick war mehr als zweifelnd. »Und dann?«

Ich zuckte die Schultern.

»Wir wollten noch in der Redaktion nachschauen, ob die bestohlenen Dresdner Geschäfte in der Polizeistatistik auftauchen, die du vorgestern bearbeitet hast.« Er bemühte sich um einen neutralen Tonfall. »Und du hast gesagt, daß Dale eine spezielle Ausstattung für nächtliche Observationen hat.«

Ich umschloß die große Kaffeetasse fest mit beiden Händen. Wenn das der Preis dafür war, daß er mich endlich alleine ließ, mußte ich wohl darauf eingehen.

Kurz darauf standen wir in der Redaktion vor den Ablagekörben im Sekretariat. Öffentliche Informationen, die als Grundlage für Artikel gedient hatten, wurden hier etwa eine Woche lang aufbewahrt.

»Gut, daß deine Chefin Wert auf Ordnung legt und wir uns nicht durch deinen Schreibtisch wühlen müssen.«

»Ex-Chefin«, entgegnete ich reflexartig. Ich wünschte, Andreas würde aufhören, mich in seine Schnüffeleien einzubeziehen.

»Ist es das?« Er zog zwei DIN A4-Seiten aus einem Stapel. Ich warf einen Blick darauf und nickte. Andy las aufmerksam.

»Nichts. Das ist ja seltsam. Der gesamte März ist abgedeckt. In der Zeit müßten mindestens vier Einbrüche hier im Dresdner Stadtgebiet auftauchen.« Er tippte auf Dales Notizen, die er aus seiner Kameratasche gezogen hatte, ging zu dem in der Ecke stehenden Kopierer und schaltete ihn ein. »Da sollten wir auf jeden Fall am Montag mit der Polizei sprechen.«

Teilnahmslos nickte ich wieder. Andreas lichtete den Polizeibericht ab.

»Also, hier ist ein normales Fernglas, das ist vielleicht noch stärker als dein Tele.« Ich reichte Andy das kleine Gerät, das ich aus der gleichen Schreibtischschublade geholt hatte, in der Dale auch seine Smith & Wesson aufbewahrte. »Und hier ein Nachtsichtglas. Ich glaube aber, damit wird nur das Restlicht verstärkt. Er hat ...«, der Kloß in meinem Hals wurde riesengroß, »... immer davon gesprochen, sich mal ein richtiges Infrarotgerät anzuschaffen.«

Andy hatte mich gefragt, ob er allein ins Haus gehen und die Geräte holen sollte. Ich wollte ihn jedoch nicht in Dales Sachen herumwühlen lassen. Jetzt nickte er und nahm mir auch das zweite Glas ab, blickte prüfend hindurch und legte es vorsichtig in seine Kameratasche zu der Nikon, den lichtempfindlichen Filmen und dem Teleobjektiv.

»Das war's«, sagte ich und schob die Schublade wieder zu. Ich wollte so schnell wie möglich das Haus verlassen. »Viel Glück denn.«

Andreas öffnete den Mund, um etwas zu antworten, als das Telefon klingelte. Ratlos blickte ich ihn an, nahm schließlich das Gerät von der Ladestation und meldete mich mit »Hallo«.

Eine weibliche Stimme fragte nach, ob dort die Privatdetektei Dale Ingram sei.

Ich räusperte mich, konzentrierte mich auf den Rest Kraft, den ich noch besaß. »Ja, da sind Sie hier richtig. Herr Ingram ist allerdings im Moment nicht zu sprechen. Kann ich Ihnen vielleicht weiterhelfen?«

»Das weiß ich nicht. Es geht um einen Fall, den Herr Ingram übernommen hat. Mein Name ist Uta Paulus.« Die Frau sagte das in einem Tonfall, als müßte ich damit etwas anfangen können.

»Ja.« Ich blickte auf die Tischplatte und versuchte, an nichts zu denken, eine Rolle zu spielen. Ganz tief im Innern hoffte ich anscheinend doch, daß Andreas recht hatte und Dale sich nicht selbst hatte töten wollen. »Das sagt mir im Moment nichts. Ich bin zwar seine Partnerin, aber meistens arbeiten wir an verschiedenen Fällen. Wenn Sie mir also etwas mehr erklären könnten?«

Meine Worte überzeugten die Frau anscheinend. Sie berichtete, daß sie in Freiburg lebe und daß ihr Mann und sie sich vor etwa fünf Jahren getrennt hatten. Anscheinend ging es um einen der Scheidungsfälle, die Dale noch immer bearbeitete – auch wenn schon längst nicht mehr nach dem Schuldprinzip geschieden wurde.

»Vor ungefähr einem halben Jahr ist mein Ex-Mann zurück nach Dresden gezogen. Er war schon 1970 in den Westen gekommen, wollte jetzt aber wieder dort leben. Er war Frührentner, arbeitsunfähig, und – nun ja, was erzähle ich Ihnen das?« Ich registrierte die Vergangenheitsform, sagte jedoch nichts. Frau Paulus redete weiter drauflos. Unter anderem habe ihr Mann in Dresden wieder Kontakt zu seinem Vater aufnehmen wollen. »Dieser Vater war immer so ein Zweihundert-Prozentiger, wissen Sie? Nachdem Wolfgang im Westen war, hatte er nie mehr ein Wort mit ihm gesprochen.«

Andy spielte wieder mit Dales Zigaretten-Schachtel herum.

Es habe wohl einige Zeit gedauert, bis ihr geschiedener Mann den Mut fand, seinen Vater aufzusuchen, und feststellen mußte, daß er seit Jahren in einem Altersheim lebte.

»Da hat er ihn besucht und mich danach ganz erschüttert angerufen. Der Alte hatte Alzheimer und hat Wolfgang nicht mehr erkannt. Wolfgang war natürlich aufgebracht und hat gefragt, warum sie nicht nach ihm geforscht hätten, von dem Heim aus, hat aber nur erfahren, sein Vater hätte sich bei seinem Einzug, als er noch geistig klar war, als alleinstehend dargestellt.«

Ich machte ein zustimmendes Geräusch, sah aber noch

nicht den Punkt. Um die Scheidung ging es offensichtlich nicht. Besonders starke Gefühle schien Uta Paulus auch nicht mehr für ihren Ex zu empfinden.

»Wolfgang war immer ein bißchen labil. Er war Epileptiker und hat getrunken – was er mit der Krankheit eigentlich gar nicht durfte. Außerdem hat er oft etwas vermutet, wo dann nichts dahintersteckte.« Sie stoppte ihren Wortschwall, um einmal Luft zu holen, fuhr dann fort, daß Wolfgang Paulus der Umgang mit seinem Vater nicht korrekt erschienen war.

»Und weil er da selbst nicht weitergekommen ist, hat er einen Privatdetektiv beauftragt, sogar einen amerikanischen, wie er mir stolz gesagt hat. Deshalb war es auch einfach, auf Ihr Büro zu kommen.«

Wieder brummelte ich Zustimmung und dachte, daß wir uns nun der Pointe näherten. Andreas hatte sich von den Zigaretten losgerissen und schulterte seine Kameratasche, bereit, zu gehen.

»Irgendwann Anfang der Woche hat Wolfgang Selbstmord begangen.« Uta Paulus sagte das so cool, daß mir kurzfristig die Luft wegblieb. »Wie gesagt, er war immer schon labil. Ich möchte Sie trotzdem bitten, den Fall weiter zu bearbeiten, denn eigentlich müßte meine ... unsere Tochter eines Tages etwas erben. Als hohes Tier hatte Wolfgangs Vater bereits zu DDR-Zeiten eine Villa und wahrscheinlich auch einiges Vermögen. Also, könnten Sie Herrn Ingram bitten, sich weiter darum zu kümmern? Ich gebe Ihnen dann vielleicht auch mal meine Telefonnummer durch. Haben Sie etwas zu schreiben, ja?« Sie holte noch einmal Luft, nannte mir die Nummer und verabschiedete sich so schnell, daß ich keine Gelegenheit hatte, noch etwas zu sagen.

»Verdammt, mir tun noch immer alle Knochen weh!«

Vorsichtig reckte Andy sich auf dem unbequemen Klappstuhl. Es war später Samstagmittag, und wir saßen denkbar unausgeschlafen beim Frühstück. Ich hatte mich bis zwei Uhr morgens mit meinen Dämonen herumgeschlagen, dabei die Flasche Rum, einen angebrochenen Rotwein und ein kleines Andenken-Fläschchen Gin geleert. Danach war ich ins Bett gegangen, sturzbetrunken, todmüde, aber unfähig, einzuschlafen. Als Andreas gegen sechs nach Hause kam, lag ich noch immer wach. Ich spürte, wie der Rausch schon dem Kater wich, und war froh, daß er anscheinend zu müde war, um etwas zu sagen. Lange nachdem ich ihn gleichmäßig atmen hörte, schlief ich ebenfalls ein, im Kopf den vagen Gedanken, daß ich so nicht weitermachen konnte.

»Es war überhaupt nichts zu sehen. Wahrscheinlich bin ich zu früh abgehauen, aber ich konnte die Augen nicht mehr offen halten.« Andy trank einen Schluck Kaffee, zog eine Grimasse und stand auf, um eine Flasche Orangensaft aus dem Kühlschrank zu holen. »Trotz des ganzen Kaffees, den ich getrunken habe.«

Ich griff nach einem Glas, das inmitten des Durcheinanders auf dem Tisch stand, um mir ebenfalls Saft einzuschütten, und verzog das Gesicht. »Gibt es hier überhaupt kein sauberes Geschirr mehr?«

»Das Zauberwort heißt ›spülen‹.« Er reichte mir sein Glas. »Und Schränke aufhängen und Kisten ausräumen.« Wie schon nach dem Aufstehen betrachtete er mich aufmerksam, verkniff sich jedoch zum Glück einen Kommentar über mein verkatertes Aussehen.

Mein Kopf dröhnte, und mein Magen rebellierte. So konnte es definitiv nicht weitergehen. Ich mußte etwas tun, dringend.

»Okay! Ich spüle, und du fängst mit den Schränken an. Einverstanden?«

Mit Andreas und mir waren zwei unordentliche Menschen zusammengekommen. Dale hatte mein Durcheinander oft gestört. Energisch drehte ich den Heißwasserhahn auf und gab Spülmittel in das Becken, das seit gestern mit der schönen neuen Arbeitsplatte verbunden war. Andy maß den Abstand der Aufhänger an den schlicht weißen Hängeschränken nach, die er bereits in seiner ersten Erfurter Wohnung gehabt hatte. Eine Zeitlang arbeiteten wir schweigend. Dann, als ich die Schrauben eindrehte, während Andy die Schränke hielt, kam er noch einmal auf das gestrige Telefongespräch zurück.

»Sollten wir nicht doch noch mal Dales Altpapier durchsehen, ob da etwas über dieses Altersheim drin ist?«

»Wir sind doch alles durchgegangen. Aua!« Ich war mit dem Akkuschrauber abgerutscht und hatte meinen Daumen verletzt. Mit zusammengebissenen Zähnen setzte ich neu an. »Da war nichts. Dale wollte bestimmt erst den einen Fall abschließen.«

»Und wenn er doch schon was gemacht hat? Ich meine, wir sollten ein bißchen recherchieren.«

Der Schrank hing, und ich ging in den Flur, suchte in einer Kiste mit der Aufschrift Bad nach einem Pflaster. »Was soll das bringen? Es kann nichts mit ihm zu tun haben.«

»Vielleicht hat er schon angefangen, und es gibt nur noch keine Notizen. Du hast doch selbst gesagt, daß er immer wenig aufschreibt. Ich glaube, ich werde morgen auf jeden Fall mal checken, in welchem Altersheim dieser alte Herr lebt.«

»Ach, verflucht«, murmelte ich leise und kniff die Augen fest zusammen, um die schon wieder aufsteigenden Tränen zurückzudrängen. Ich fand kein Pflaster, und das reichte anscheinend, um meinen Nerven den Rest zu geben. »Du kennst noch gar nicht das Nordbad, oder?« fragte ich laut. »Lassen wir doch den Kram hier und gehen in die Sauna.«

Das war die beste Idee, die ich seit langem gehabt hatte. Zwar war die kleine Sauna in dem Gründerzeit- Schwimmbad wie immer am Wochenende so voll, daß man zwischenzeitlich unangenehm viel Kontakt zu fremder Haut hatte, die Entspannung stellte sich dennoch ein. Als ich nach dem zweiten Gang im Ruheraum fast eingeschlafen war, begannen zwei Frauen neben mir halblaut zu reden. Ich versuchte, sie zu ignorieren, ärgerte mich, daß es Menschen gab, die noch nicht einmal hier ihren Mund halten konnten, und dämmerte wieder halb weg. Einzelne Sätze schlichen sich trotzdem in mein Bewußtsein. Es ging offensichtlich um die Großmutter der einen, die wohl schon ziemlich verwirrt war.

»Aber daß sie nun sagt, sie hätte gar kein Geld mehr für diesen Monat. Also, da möchte sich doch auch das Heim drum kümmern. Sie kriegt ja nun wirklich eine ordentliche Rente.«

»Ja«, stimmte ihre Freundin zu. »Rechtlich gesehen muß ein Vormund eingesetzt werden, wenn die Omi sich nicht mehr selbst kümmern kann. Wir hatten erst neulich so einen Fall in der Kanzlei.«

»Dann kennst du dich da wohl aus? Das mußt du mir mal erklären, aber ein anderes Mal. Jetzt muß ich nach Hause.«

Ich überlegte kurz, ob ich die beiden ansprechen und fragen sollte, in welchem Heim ihre Angehörige war, fand es dann aber zu indiskret.

»Natürlich hättest du sie fragen sollen«, meinte Andreas kurz darauf, als wir das Glück hatten, ein paar Minuten lang ganz alleine in der Sauna zu sitzen. »Aber siehst du«, er strich sich mit der Hand über die glänzende Stirn, »es scheint zumindest ein Heim hier in Dresden zu geben, wo nicht alles so läuft, wie es sollte.«

Ich zuckte die Achseln. »Oder es gibt eine Menge gieriger potentieller Erben.« Ich schloß die Augen und genoß dic Wärme, die jede Zelle meines Körpers auszufüllen schien. Ich wollte mich darin auflösen, verschwinden, nichts mehr fühlen.

»Der Mann von dieser Frau, die gestern angerufen hat, hat sich umgebracht. Hat sie mir gesagt.« Ich hatte keine Ahnung, warum ich Andy diesen Aspekt bisher verschwiegen hatte.

»Was? Aber warum ...?«

Die Tür wurde geöffnet, er verstummte, und ich öffnete die Augen. Drei junge Männer kamen herein, stiegen an uns vorbei auf die oberste Bank. Einer strömte einen intensiven Knoblauchgeruch aus.

»Aber dann müssen wir doch auf jeden Fall etwas machen! Das kann kein Zufall sein!« flüsterte Andreas aufgeregt.

»Ich weiß nicht«, entgegnete ich. »Sie hat gesagt, er sei labil gewesen und habe getrunken.« Mit einer müden Bewegung verrieb ich den Schweiß auf meinem Bein.

Vierundzwanzig Seniorenheime, wie es euphemistisch hieß, standen im Dresdner Branchenbuch. Ich hatte Andy überzeugt, daß ein Anruf bei Uta Paulus nichts bringen würde, da sie garantiert selbst nicht wußte, in welchem Heim der Vater ihres Ex-Mannes lebte. Nun wählte er die erste Nummer. Er sei auf der Suche nach dem Großonkel seiner Freundin, erzählte er, er wolle sie damit überraschen. »Ich weiß leider nur den Nachnamen des Mannes: Paulus. Vermutlich ist er schon ein wenig verwirrt.«

Ich fand die Geschichte idiotisch, aber Andy bekam zumindest eine Antwort. Während er bereits die zweite Nummer eintippte, ging ich ins Bad und kämmte meine langen Haare aus. Die Nässe ließ das Rot sehr dunkel erscheinen, der Anblick erinnerte mich an Dales Haare am Montagabend. Ich starrte in den Spiegel. Meine grau-grünen Augen wirkten müde und waren von der vergangenen Nacht und all den Tränen gerötet. Neben den nach unten verzogenen Mundwinkeln bemerkte ich einige senkrecht verlaufende Falten, die vorige Woche noch nicht da gewesen waren. Ich bückte mich und holte den kleinen Reisefön aus dem unteren Fach des Metallwagens neben dem Waschbecken.

Als ich in die Küche zurückkehrte, hörte ich gerade Andys Verabschiedung: »Haben Sie vielen Dank, auf Wiedersehen. Das wird meine Freundin sicherlich freuen.« Er wandte sich an mich: »Bingo! Seniorenresidenz ›Kamelie‹. Wallotstraße. Sagt dir das was?«

Ich schüttelte den Kopf. »Keine Ahnung.«

Andreas stand auf und holte den Stadtplan aus dem Arbeitszimmer.

»Striesen. In der Nähe vom Großen Garten. Da sollten wir doch morgen mal einen Spaziergang hin machen.«

»Meinst du nicht, daß es mehrere ältere Herren in Altersheimen geben könnte, die ›Paulus‹ heißen?« fragte ich, als wir über die Albertbrücke liefen. Obwohl ich fast zehn Stunden geschlafen hatte, fühlte ich mich noch immer todmüde und hatte eigentlich überhaupt keine Lust, zu dem Altersheim zu gehen. Wenn überhaupt, wollte ich zu

Dale ins Krankenhaus. Ich müßte mich nur gleich links halten. Nachdem wir die Brücke überquert hatten, lief ich jedoch willenlos weiter auf der Sachsenallee neben Andy her.

Ich hatte sogar ein anthrazitfarbenes Kostüm angezogen, um in der »Seniorenresidenz« einen guten Eindruck zu machen, das Eleganteste, was ich in unserer Wohnung hatte. Der Rockbund, der immer ziemlich eng gewesen war, schlackerte. Kunststück. Seit fast einer Woche hatte ich keine einzige komplette Mahlzeit mehr zu mir genommen. Mittlerweile hatte ich überhaupt keinen Appetit mehr. Zum Frühstück hatte Andreas Brötchen vom Bahnhof Neustadt geholt, und ihm zuliebe hatte ich auch eins gegessen. Ich hätte aber genausogut auf Sägespänen herumkauen können.

»Na ja, ich hab über die Hälfte der Häuser angerufen. Wir müssen gleich versuchen, herauszubekommen, ob der Alte seine Familie verleugnet.« Andy wirkte ebenfalls sehr seriös in seinem hellbraunen Jackett zu einer beigefarbenen Hose und einem braunen Hemd. Wenn man genauer hinguckte, sah man allerdings, daß die Jacke ein wenig spannte.

Als wir die Striesener Straße entlanggingen, schmerzten meine Füße in den Pumps bereits. Ich würde nie verstehen, wie manche Frauen den ganzen Tag in solchen Schuhen herumlaufen konnten. Na ja, das hier war auch mehr als ein normaler Spaziergang. Ich vermutete, daß Andreas es darauf anlegte, mich körperlich zu fordern. Mittlerweile ließ ich mir seine Bevormundung ziemlich widerspruchslos gefallen – ich hatte das Gefühl, ohnehin nicht die kleinste Kleinigkeit alleine bewältigen zu können, und Andy gab sich zumindest den Anschein, zu wissen, was zu tun war.

Suchend betrachtete er die rechte Straßenseite, murmelte etwas und zog den Stadtplan aus seiner Jackentasche. Schließlich gingen wir einen kleinen Weg entlang, vorbei an einigen schönen, alten Häusern, und fanden uns am Anfang der Wallotstraße wieder. Hier, oberhalb des riesigen Stadtparks Großer Garten, lag das zentralste von Dresdens Villenvierteln. Die ausgedehnten Grundstücke mit den prachtvollen Gebäuden verströmten eine gediegene Vornehmheit. Es war ruhig in den Straßen, und das nicht nur, weil Sonntag war.

Die Seniorenresidenz, eine prachtvolle riesige Barockvilla, befand sich fast am anderen Ende der Straße, auf einem parkähnlichen Eckgrundstück. »Kamelie« stand auf einem verschnörkelten gußeisernen Schild über dem Eingangstor. Andreas versuchte vergeblich, den Knauf zu drehen. Auf dem geharkten Kiesweg kamen uns zwei Damen undefinierbaren Alters entgegen. Beide trugen leichte Mäntel und elegante Hüte.

»Sie müssen dort klingeln, junger Mann.« Die eine betrachtete Andy mit sichtlichem Wohlgefallen und wies auf die rechte Säule des Tors. »Aber kommen Sie herein!«

Unter den Blicken der beiden gingen wir den sonnenbeschienenen Weg entlang.

»Wir haben überhaupt keine Strategie abgesprochen«, zischte ich ihm leise zu.

»Du bist die Tochter von Paulus junior. Und dann müssen wir improvisieren.«

»Was? Du bist ja wahnsinnig?« Mühsam dämpfte ich meine Stimme wieder. »Der Mann wird seinem Vater doch Fotos gezeigt haben!«

»Der Alte ist doch senil.«

»Und die Pfleger?«

»Hast du eine bessere Idee?«

Wir standen vor der Eingangstür. Falls uns jemand vom Haus aus gesehen hatte, sollten wir schleunigst hineingehen.

»Bleiben wir bei der Großnichte, wie du es gestern gesagt hast. Und ich habe erst jetzt erfahren, daß ich hier in Dresden noch Verwandte habe.«

Andy nickte, und wir betraten die Eingangshalle. Nach dem Sonnenschein draußen wirkte sie dunkel und kühl.

»Ja bitte, Sie wünschen?« Die Stimme kam von rechts. Dort war eine massive Theke aus Eichenholz, hinter der ein höchstens zwanzigjähriger Mann in Jeans und Pullover saß und in einer Motorradzeitschrift las.

»Äh, mein Name ist Ki – mberly Markward. Ich bin auf der Suche nach meinem Großonkel, der hier wohnen soll. Sein Name ist Paulus.« Mein Gott, Kirsten, jetzt merk dir das aber wenigstens: ein eher unüblicher englischer Vorname und der Nachname deiner Chefin – Ex-Chefin. Ich lächelte den Jungen gewinnend an. Er hatte kurz in einem Verzeichnis nachgeschaut und widmete seine Aufmerksamkeit nun schon wieder seiner Zeitschrift.

»Pflegestation Eins. Dritter Stock. Der Aufzug ist hinten links.«

Auf dem Gang hinter der schwer zu bewegenden Zwischentür war niemand zu sehen. Als die Türöffnung einen bestimmten Winkel überschritten hatte, erklang eine Glocke. Nachdem wir eingetreten waren, näherte sich eine zierliche Frau in einem halblangen weißen Kittel. Offensichtlich hatte sie jemand anderes erwartet, denn ihr Blick war erstaunt. Wieder brachte ich meinen Spruch an.

»Großonkel, sagen Sie?« Sie taxierte uns beide eingehend. Ihr Parfüm roch angenehm frisch, es erinnerte mich an eine Wiese mit Sommerblumen. »Nun, Herr Paulus wird kaum etwas mit Ihnen anfangen können, aber bitte.«

Sie ging uns voran in einen großen Raum, der an englische Landhäuser erinnerte. Es gab einen Kamin, ein schweres Büfett, auf dem ein Fernseher flimmerte, und etwa zehn Ohrensessel, in denen alte Menschen saßen und vor sich hin starrten.

»Herr Paulus, Besuch für Sie. Ihre Großnichte«, machte die Pflegerin uns sehr laut mit dem einzigen Mann bekannt. Der alte Herr schaute mich mit leeren Augen an. Ein Kranz weißer Haare rahmte seinen ziemlich kleinen Kopf ein; überhaupt erschien er sehr klein und dünn. Ich kam mir reichlich schäbig vor, als ich ihn lautstark grüßte. Wir hätten zumindest eine Schachtel Pralinen oder einen Strauß Blumen mitbringen sollen, dachte ich.

»Guten Tag, Herr Paulus«, sagte Andreas, »ich bin der Freund Ihrer Nichte. Martin Schulze.«

Herr Paulus reagierte nicht. Auch die Frauen schienen uns nicht zu registrieren. Eine folgte mit offenem Mund dem Tierfilm im Fernsehen. Als ein großer Löwe kraftvoll zum Sprung ansetzte, öffnete sie die Arme weit und klatschte dann wie ein Kind in die Hände. Eine andere murmelte unaufhörlich vor sich hin, als ich genauer hinhörte, erkannte ich den Text der DDR-Nationalhymne: »Auferstanden aus Ruinen«.

»Hat er jemals von mir oder meiner Familie gesprochen?« fragte ich die Pflegerin, die noch neben mir stand.

Entschieden schüttelte sie den Kopf. »Nein. Wir dachten immer, er sei alleinstehend. All die Jahre war ja auch nie jemand hier. Bis dann auf einmal sein Sohn auftauchte, doch den hat er auch nicht erkannt.« Seltsamerweise erschien mir ihre Miene nun Mißbilligung auszudrücken.

»Ja, Onkel Wolfgang. Das ist wirklich tragisch«, sagte ich, bewußt offenlassend, wen ich meinte. Die Schwester reagierte jedoch nicht. Also fragte ich weiter: »Seit wann ist mein Großonkel denn so?«

»Seit zwei Jahren ist er jetzt bei uns. Nicht wahr, Herr Paulus?«, versuchte sie noch einmal, den alten Herrn in das Gespräch einzubeziehen. Der nickte versunken. »Vorher hat er im ersten Stock sein Zimmer gehabt. Nun, das ist der Lauf der Welt. Das Gehirn macht irgendwann nicht mehr mit.« Freundlich blickte die Pflegerin uns an. »Das gibt es nicht nur bei alten Menschen. Unsere Frau Breitschneider dort ist keine vierzig.« Sie wies mit dem Kopf auf einen der Sessel. Erst jetzt sah ich, daß die Frau dort zwar entsetzlich verfallen aussah, aber höchstens halb so alt war wie die anderen. »Sie lag vor zwei Jahren nach einem Gehirnschlag im Koma.«

Frau Breitschneider blickte auf ihre Fußspitzen, die sie langsam von außen nach innen und wieder zurück bewegte. Ich schaffte es gerade noch, mich von der Pflegerin zu verabschieden, stürzte im Flur auf die Toilette und würgte das Frühstück hervor. Danach saß ich so lange auf dem Klodeckel, bis ich Andys gedämpfte Stimme von draußen hörte. Ich atmete tief ein, drückte mich unendlich mühsam hoch und wusch mein Gesicht. Dann zwang ich mich, die Tür zu öffnen. Andreas' Arm gab mir Halt, als wir das Haus verließen.

4. Kapitel

»Die Rechnung, bitte«, sagte Andy, als ich bei der Kellnerin des kleinen Cafés am Fetscherplatz den zweiten Cognac bestellen wollte. »Schaffst du es zu Fuß bis zum Krankenhaus, oder sollen wir ein Taxi nehmen?« Er trank einen Schluck Kaffee. »Dann würde ich vorschlagen, machen wir dir falsche Visitenkarten, denken uns eine wasserdichte Geschichte aus und kreuzen gleich morgen früh bei der Leitung des Heims auf.« Er holte Luft und wollte anscheinend noch weiter ausholen, ich stoppte ihn jedoch mit einer Handbewegung.

»Ich kann das nicht, Andy. Es geht nicht. Ich ...« Himmel, wie sollte ich ihm erklären, was offensichtlich war? Daß die ganze Geschichte über meine Kräfte ging. »Ich hab's ja versucht, aber ... Laß uns zur Polizei gehen und Hantzsche erklären, was wir bisher herausgefunden haben.«

»Was soll der denn machen? Die Ex-Frau von diesem Paulus scheint keinen Zweifel an seinem Selbstmord zu haben, und von dem Heim wissen wir bloß, daß sie sehr aufmerksam mit den Alten umgehen. Außerdem vermuten wir nur, daß Dale einem Hehlerring auf der Spur war. Das ist zu wenig. Und«, nun blickte er mich sehr ernst an, »ich glaube, du mußt etwas unternehmen. Ich möchte mir lieber nicht vorstellen, was passiert, wenn du zu Hause herumsitzt.«

Dale lag genauso da wie am Freitag. Wieder zog ich mir einen Stuhl an sein Bett. Ich setzte mich, zupfte an meiner Kostümjacke herum und redete drauflos: Daß ich einmal wieder in der Sauna war, daß es nun richtig Frühling werden würde, daß wir bald ein Picknick in seinem Garten machen könnten und daß ich ihn vermißte.

»Verdammt, Dale, hast du ...? Du würdest doch nicht ... oder?« Ich schlug die Hände vor den Mund, spürte den Stoff des Atemschutzes. »Dale, ich schwör dir ...« Was sollte ich schwören, was würde es nützen? Nichts in seinem Gesicht regte sich. Der Anblick erinnerte an eine Wachspuppe. Ich wandte mich um und blickte aus dem Fenster auf die bereits dicht belaubten, grünen Zweige eines Baums und zwang mich, so lange tief ein- und auszuatmen, bis ich wieder etwas ruhiger wurde.

Erfurt war für den Polizisten aus Trenton, New Jersey, ein völliger Neuanfang gewesen, in den er sich mit Haut und Haaren hineingestürzt hatte. Er hatte so viel wie möglich über seine neue Heimat in Erfahrung gebracht und sich immer wieder von mir das deutsche Sozialsystem erklären lassen. Dale war richtig begeistert gewesen. Nun konnte er von den verbliebenen Resten selbst profitieren. Profitieren! Was für ein Wort!

Auch in unsere Beziehung hatte er sich hineingestürzt, obwohl er es zuerst nicht wollte, als er erfuhr, daß ich einen Freund hatte. Trotz all – seiner – Vernunft war es der Beginn einer über vierjährigen Dreiecksgeschichte gewesen, die ich erst kurz bevor Andreas als Redaktionsleiter nach Gera ging endgültig beendete. Endgültig! Ich schüttelte den Kopf. Wieviel Schmerz ich Dale schon zugefügt hatte. Und jetzt das ...

Ganz langsam wurde mir klar, daß Andreas wußte, was er tat, wenn er nicht davon abwich, daß Dale umgebracht werden sollte. So konnte ich weiterleben und etwas tun: Ich konnte einen Schuldigen suchen – bis zum Beweis des Gegenteils ...

Nein, diese Vorstellung wollte ich jetzt ein für allemal verdrängen! Ich verabschiedete mich liebevoll von Dale.

»Vergiß mein dummes Gerede. Aber du solltest jetzt wirklich wieder aufwachen, ja? Bitte!«

Zu Hause schob Andy zwei Tiefkühlpizzen in den Backofen, setzte sich an den Computer und erstellte Visitenkarten für Kimberly Markward. Sie wohnte unter seiner alten Anschrift in Erfurt und hatte seine Handynummer. Dann telefonierte er sämtliche Krankenhäuser ab und erkundigte sich nach Wolfgang Paulus.

»Nichts. Demnach ist er überhaupt nicht mehr in ein Krankenhaus gebracht worden.«

Ich hatte ihm die ganze Zeit wie unbeteiligt zugesehen. Nun ging ich an einen der neu aufgehängten Küchenschränke, holte Geschirr heraus und deckte den Tisch.

Zwischen zwei Stücken Pizza sagte Andreas: »So, und nun zu Frau Markward: Ich würde sagen, sie hat erst jetzt von ihrem Großvater erfahren, daß sie noch einen Großonkel hier in Dresden hat.«

»Vielleicht auf dem Sterbebett?« Meine Pizza stand unberührt da.

»Ja, warum nicht? Nein, er hat ihr in einer sentimentalen Minute erzählt, daß er noch einen Bruder hat, der aber schon seit dreißig Jahren ihren Zweig der Familie verleugnet, weil ihr Onkel Wolfgang damals Republikflüchtling war.«

»Warum schreibst du eigentlich keine Groschenromane? Außerdem haut das nicht hin. Wolfgang Paulus war sein Sohn.« Mir schwirrte der Kopf. Vorsichtig probierte ich ein Stück Pizza. Immerhin signalisierte mir mein Magen, daß er gegen Nahrung nichts einzuwenden hatte.

Andy nickte nachdenklich. Schließlich holte er ein

Blatt Papier, und wir zeichneten verschiedene imaginäre Stammbäume. Während der Kaffee durchlief, checkte Andreas das Dresdner Telefonbuch und fand tatsächlich einen Eintrag Wolfgang Paulus. Er schlug vor, bei der Adresse in Gorbitz vorbeizufahren. Ich schluckte die Frage hinunter, was das bringen sollte, auch wenn sie mir regelrecht auf der Zunge lag.

Fast schweigend legten wir die Strecke quer durch die Stadt nach Gorbitz zurück. Ich erklärte Andy lediglich, daß dort eines der beiden großen Plattenbaugebiete Dresdens lag.

Der Leutewitzer Ring schloß einen Teil der Satellitenstadt ein. Andreas parkte den Golf. Unschlüssig gingen wir einen kleinen Fußweg hinunter.

Haus Nummer 25 gehörte zu einem großen, unsanierten Block mit drei Eingängen, die Klingelschilder waren draußen angebracht. Wolfgang Paulus schien in einer Wohnung im Erdgeschoß gelebt zu haben. Wir gingen zurück auf den Weg und versuchten, durch die Fenster zu blicken, die jedoch zu hoch lagen. Gerade, als wir leise berieten, was wir tun sollten, öffnete sich die Haustür, und eine etwa siebzigjährige Frau in einer beigefarbenen Popelinjacke mit einem Blumenstrauß in der Hand trat heraus.

»Kann ich Ihnen helfen?« Ihr Ton war fest und signalisierte, daß wir hier nichts zu suchen hatten. So viel zur Anonymität von Plattenbauvierteln. Ich war froh um unser ordentliches Outfit.

»Mein Name ist Kimberly Markward. Ich bin die Nichte von Wolfgang Paulus und wollte einmal schauen ...« Bewußt ließ ich das Satzende offen.

Nach einem scharfen Blick auf mich sagte die Frau in

weicherem Ton als zuvor: »Tut mir leid, Ihr Verlust. Ihr Onkel war ein guter Mensch.« Sie griff nach dem Riemen ihrer Tasche und machte Anstalten zu gehen.

»Könnten Sie mir vielleicht ... Ich habe ihn kaum noch gesehen in den letzten Jahren ... Haben Sie vielleicht eine Ahnung, warum er sich umgebracht hat?«

Die alte Dame schüttelte energisch den Kopf. »Nein, das kann ich beim besten Willen nicht sagen. Ich hatte vor genau einer Woche, am Sonntag früh, noch im Hausflur mit ihm gesprochen. Da wirkte er fast fröhlich. Er hat gesagt, seine Angelegenheiten kämen jetzt in Ordnung, er hätte alles auf den Weg gebracht. Ich war wirklich erschüttert, als er dann tot in seiner Wohnung lag.« Sie schauderte noch in der Erinnerung, und auch mir lief es kalt über den Rücken. »Ich hatte ihn drei Tage überhaupt nicht gesehen«, fuhr sie fort. »Und dann habe ich am Donnerstag bei ihm angeklingelt, weil ich mir Sorgen gemacht habe. Ich meine, man muß sich ja ein bißchen kümmern, auch wenn das heute nicht mehr modern ist. Als er nicht geöffnet hat, habe ich die Polizei gerufen. Die hat die Tür aufgebrochen und ihn gefunden.«

»Wissen Sie, wie Herr Paulus zu Tode gekommen ist?« fragte Andreas.

Die alte Dame blickte ihn wieder prüfend an. Sie wunderte sich wahrscheinlich, daß wir das nicht wußten. Dann räusperte sie sich, wobei sie die linke Hand vor den Mund hielt, und sagte: »Er hat eine Überdosis seiner Epilepsie-Medikamente genommen.«

»Machst du jetzt Ernst mit Abnehmen?« Ich gab Andy, der an seinem Schreibtisch saß, einen Kuß und zwickte ihn leicht in den Hüftspeck.

»Wegen der Waage, meinst du? Vielleicht. Aber erst mal

können wir damit feststellen, wann wir dich zwangsernähren müssen. Du bist heute wieder ohne Frühstück losgezogen.«

»Mir geht's gut«, versicherte ich. »Ich konnte nicht mehr schlafen und bin deshalb zur Zeitung gegangen, meinen Schlüssel abgeben und fragen, wie das jetzt mit der Lohnsteuerkarte läuft. Eigentlich wollte ich dich dann sogar mit Brötchen wecken, aber bis ich fertig war, war es schon zu spät.« Ich verriet ihm nicht, daß ich zuerst durch die noch leeren Redaktionsräume gestrichen war, an meinen ehemaligen Schreibtisch gesessen und mich danach gesehnt hatte, wieder eine Struktur in meinem Leben zu haben.

Ich griff in den Umzugskarton neben dem Tisch und zog eine alte Ausgabe des Erfurter Tageskurier heraus. »Und ich glaube wirklich nicht, daß es mir schadet, ein wenig abzunehmen. Ich dürfte jetzt so ungefähr das Gewicht von damals haben.« Ich schlug mit dem Handrücken auf die Zeitung. »Und da fandest du das nicht zu wenig.«

»Es kann nicht gesund sein, tagelang kaum etwas zu essen«, beharrte Andreas. »Aber die Waage habe ich auch mehr oder weniger nebenher gekauft. Ich war nämlich in ›Rias Schnäppchenmarkt‹.«

»Und? Hast du etwas Neues erfahren?«

»Die Chefin ist nicht da. Mehr war nicht herauszukriegen. Die Verkäuferinnen machen weiter wie bisher.« Er zuckte die Schultern. »Hast du denn irgendwo gefrühstückt?«

»Nein, Papi.«

»Dann komm! Kaffee ist noch da, und der Tisch ist auch noch gedeckt.« Er schob mich in Richtung Küche. »Hättest du den Redaktionsschlüssel nicht noch eine

Zeitlang behalten können? Wer weiß, wann wir das Archiv noch einmal brauchen.«

»Vielleicht, aber ich wollte das jetzt geregelt haben.« Ich goß mir einen Schluck Kaffee aus der Thermoskanne ein, Andreas schob den Brotkorb näher zu mir hin.

»Ich habe gerade mit der Polizeisprecherin telefoniert«, sagte er und nahm sich ebenfalls Kaffee. »Angeblich sind die Einbrüche in den Geschäften, die Dale aufgelistet hat, niemals angezeigt worden.«

»Das gibt's doch nicht. Vielleicht mauern sie aus irgend einem Grund.«

Sein Blick verriet Skepsis. »Möglich. Obwohl ich nicht das Gefühl habe. Was meinst du? Den Fall hat Dale doch bestimmt für die Versicherung bearbeitet, bei der er immer stundenweise war, oder?«

»Ja, ich denke schon.« Nun gebrauchte Andy also bereits die Vergangenheitsform, wenn er über Dale sprach. »Vielleicht auch für mehrere Versicherungen. Ich glaube kaum, daß alle Bestohlenen bei der ›Secura‹ sind. Wieso?«

»Ob man über die etwas erfahren kann?«

Ich nickte nachdenklich. »Vielleicht sollte ich sie überhaupt informieren, daß Dale zur Zeit nicht arbeiten kann.«

Obwohl ich Herrn Schneider, Dales Auftraggeber, nur einmal begegnet war, erinnerte er sich nach kurzem Überlegen an mich. Als ich berichtete, daß Dale im Krankenhaus lag, fragte er nach, weshalb.

Ich schluckte, wußte wieder nicht, was ich sagen sollte. »Jemand hat versucht, ihn zu vergiften. Er liegt noch im Koma«, antwortete ich nach einigem Zögern. »Er hat doch für Sie diese Einbrüche untersucht, nicht wahr?«

»Herr Ingram liegt im Koma? Das ist ja schrecklich. Wo denn? Kann er Besuch bekommen?«

So mitfühlend hatte ich Schneider nicht eingeschätzt. Ich beantwortete seine Fragen, hakte dann noch einmal nach.

»Einbrüche? Nein, wir haben Herrn Ingram wegen einiger Überfälle auf Speditions-Lkw engagiert. Gemeinsam mit anderen Versicherungen, die auch betroffen sind. Das hatten wir unter Kollegen durch Zufall festgestellt. Aber meinen Sie, das hat etwas mit diesem Anschlag zu tun? Das wäre ja schrecklich. Dann wird sich die Polizei bestimmt auch bald melden.«

Nach einigen Höflichkeitsfloskeln beendete ich das Gespräch und kehrte in die Küche zurück. Andreas hatte das gesamte Frühstück noch stehen lassen, ich schob jedoch meinen Teller weg und nahm mir nur noch eine Tasse Kaffee.

»Deshalb tauchen die Diebstähle hier in keiner Statistik auf«, schloß ich meinen Bericht. »Solche Überfälle werden ja wahrscheinlich nicht innerhalb des Stadtbezirks durchgezogen.«

Andy nickte. »Trotzdem müssen die Läden eine Rolle spielen. Schließlich hatte Dale nicht die Namen der Speditionen notiert, sondern die einzelnen Geschäfte. Im Telefonbuch ist der ›Cityring‹ mit einer Adresse in der Kreuzstraße eingetragen. Vielleicht sollten wir dort mal vorbeigehen, nachdem wir im Altersheim waren.«

»So, nun habe ich Zeit für Sie.«

Herr Kupfer, der Geschäftsführer der »Seniorenresidenz Kamelie«, erschien in der Tür zu seinem Büro, das in einem nüchternen Anbau untergebracht war. Er war Mitte Fünfzig, hatte seine kaum noch vorhandenen Haare millimeterkurz rasiert und trug einen gutsitzenden einreihigen Anzug. »Gehen Sie doch bitte schon voraus.«

Während wir den mit schlichten Stahlrohrmöbeln eingerichteten Raum betraten, beugte er sich zu der Sekretärin und sagte etwas, das ich nicht verstand. Kurz darauf saß er uns auch schon gegenüber.

»Sie sind also eine Großnichte von unserem Herrn Paulus.«

So, wie er es sagte, nahm er es als Feststellung. Ich holte eine der Visitenkarten aus meiner Handtasche. Wie am Vortag hatten wir uns betont seriös gekleidet, ich trug wieder das dunkelgraue Kostüm, Andy ein helles Leinenjackett zu einer fast neuen Jeans.

»Kimberly Markward. Angeheiratete Großnichte. Mein Vater ist der Bruder der Ex-Frau von Herrn Paulus' Sohn Wolfgang.«

Kupfer nickte bloß und wartete ab.

»Nach dem tragischen Tod meines Onkels Wolfgang«, an dieser Stelle wurde sein Blick fragend, »hat meine Tante uns gebeten, einmal vor Ort nach dem Rechten zu sehen. Martin Schulze, mein Lebensgefährte, war so freundlich, mich zu begleiten«, fügte ich mit einer Handbewegung in Richtung Andy hinzu.

»Wolfgang Paulus ist tot?« fragte Herr Kupfer.

Ich nickte. »Selbstmord. Und meine Tante – nun ja, sie fühlt sich wohl immer noch verantwortlich und möchte jetzt etwas über seine letzten Tage erfahren. Er hat ja wohl nach langer Zeit hier seinen Vater wiedergesehen.«

Der Geschäftsführer nickte abermals und räusperte sich. »Es war für uns keine einfache Situation, da Herr Paulus senior sich hier als alleinstehend eingetragen hatte. Er lebt ja schon einige Jahre bei uns.«

»Seit wann?« schob Andy ein.

»Das genaue Datum müßte ich in der Akte nachschlagen, aber es dürften in etwa fünf Jahre sein. Vor ungefähr zwei Jahren mußten wir ihn auf die Pflegestation verlegen. Starke Altersdemenz.«

Ich nickte. »Und bis sein Sohn hier auftauchte, wußten Sie nicht, daß mein Großonkel noch Verwandte hat?«

»Nein. Wenn ein Bewohner im Vollbesitz seiner geistigen Kräfte ist, wenn er einzieht, gehen wir natürlich davon, daß seine Angaben korrekt sind. Bei Ihrem Großonkel hatten wir keinen Anlaß, an seiner Darstellung zu zweifeln.«

»Es hört sich vielleicht ein wenig pietätlos an, aber was Kimberlys Tante natürlich auch interessiert, ist die Frage, ob der alte Herr ihre Familie enterbt hat.« Andreas beugte sich ein wenig in seinem Stuhl nach vorn. »Sie hat uns gesagt, daß es hier noch ein Haus geben muß.«

Herr Kupfer lächelte nachsichtig. »Das gab es in der Tat, Herr Schulze, aber wie Sie sich vielleicht vorstellen können, ist das Leben in einer Einrichtung wie der unsrigen nicht ganz billig. Allein durch die Rente und die Pflegeversicherung kann das in den wenigsten Fällen getragen werden. Herr Paulus hat wie viele andere auch seinen Immobilienbesitz und sein Barvermögen für ein angenehmes Leben im Alter investiert. Ich fürchte, zu erben gibt es da nichts mehr.« Sein Lächeln war im Laufe seiner Antwort immer kühler und distanzierter geworden.

Ich nickte, aber Andy gab sich mit dieser Antwort nicht zufrieden. »Ich nehme an, all das ist geregelt worden, als Herr Paulus noch bei klarem Verstand war. Und wer kümmert sich jetzt um seine rechtlichen Angelegenheiten? Machen Sie das?«

Der Geschäftsführer lachte einmal kurz auf: »Um Himmels willen, nein! Das wäre illegal. Herr Paulus hat einen gesetzlichen Vertreter – früher nannte man das Vormund.«

»An diesen Vertreter müßte sich also meine Tante wenden, falls sie noch Fragen hat?«

»Im Prinzip, ja. Aber, wie ich Ihnen bereits sagte, Vermögen existiert nicht mehr, und was andere Fragen angeht ...« Kupfer ließ den Satz unvollendet.

»Würden Sie uns denn trotzdem den Namen dieses gesetzlichen Vertreters nennen?«

»Können wir uns darauf einigen, daß ich der betreffenden Person Ihre Telefonnummer gebe? Ich fühle mich nicht wohl damit, ohne Einverständnis persönliche Angaben weiterzugeben.«

»Verdammt, damit hat er doch nur Zeit geschunden!« Andy starrte finster vor sich hin, während er in Richtung Fetscherplatz stapfte.

»Ich weiß nicht.« Ich versuchte, eine Haarsträhne, die sich aus meiner aufgesteckten Frisur gelöst hatte, wieder zu befestigen. »Ich finde es ganz sympathisch, wenn die Leute mal nicht gleich drauflos reden.«

»Auch, wenn wir dadurch nicht weiterkommen?«

»Womit sollen wir denn da überhaupt weiterkommen? Das wirkt doch alles sehr seriös.«

»Und was ist mit den Bedenken, die Wolfgang Paulus hatte? Er hat Dale engagiert und sich dann angeblich umgebracht. Also, ich finde, das stinkt zum Himmel!«

»Ach, Andy!« Fast gleichzeitig mit uns traf die Linie vier an der Haltestelle ein. Ich ließ mich auf den nächstbesten Platz fallen und streckte die Füße in den Pumps von mir. »Seine Frau hat so etwas gesagt, daß er getrunken hat und labil war. Was soll das schon bedeuten, wenn er dachte, daß da etwas nicht stimmt?«

Andreas, der sich seitlich auf den Platz vor mir gesetzt hatte, schüttelte bloß den Kopf.

»Was meinst du denn, kann man in so einem Altersheim groß anstellen?« fragte ich. »Überteuerte Miete kassieren?«

»Oder ein Testament fälschen und die Alten schnell zu Tode pflegen. Was weiß ich!«

Am Pirnaischen Platz stiegen wir aus, liefen über den Parkplatz des prachtvollen Gewandhauses und bogen am Rathaus in die Kreuzstraße ein. Der »Cityring« unterhielt hier zwei Räume über einer Buchhandlung. Eine junge Frau in einem sehr engen, geringelten Top blickte uns fragend entgegen, als wir das ziemlich spartanisch ausgestattete Büro betraten, von dem ein größerer Raum abging.

Andreas stellte uns als freie Journalisten vor, die sich mit Organisationsstrukturen im Einzelhandel befaßten. »Könnten Sie uns vielleicht erklären, wie das beim Dresdner ›Cityring‹ aussieht?«

Der Gesichtsausdruck der Frau wurde reserviert. »Da müßten Sie schon einen Termin mit Frau Auerswald machen. Sie ist Vorsitzender, ich bin bloß Sekretärin.«

Nicht Sekretär, dachte ich. Verräterisch, daß es auch im DDR-Jargon für die sogenannten niederen Berufe immer weibliche Formen gegeben hatte, während man für andere nur die männliche benutzte und das dann noch als Emanzipation verkaufte.

»Können Sie einen solchen Termin für uns arrangieren?« Andy setzte sein gewinnendstes Lächeln auf. »Und uns vielleicht doch schon ein paar grundsätzliche Fragen beantworten?«

Die Sekretärin überlegte, holte zunächst eine Packung Zigaretten aus einer Schublade, öffnete sie und steckte sich eine in den dunkelrot geschminkten Mund. Bevor sie nach ihrem Feuerzeug, das auf einigen Notizblättern lag, greifen konnte, hatte Andy schon Streichhölzer aus seiner Tasche gezogen und ihr Feuer gegeben. Zum Dank schenkte sie ihm ein halbes Lächeln und hielt die Schachtel über den Tisch.

»Nein, danke. Ich rauche nicht mehr. Das Jackett muß ich ein halbes Jahr nicht getragen haben.«

Das gab den Ausschlag zu einem kleinen Austausch über das Rauchen. Ich versuchte, mich möglichst unsichtbar zu machen, in der Hoffnung, daß Andy die Überleitung zum »Cityring« schaffen würde.

Tatsächlich sagte die junge Frau nach kurzer Zeit von sich aus: »Mit Terminen sieht es bei Frau Auerswald im Moment ganz schlecht aus. Was brauchen Sie denn an Informationen?«

»Fürs erste nicht viel. Zu welchem Zweck der ›Cityring‹ gegründet wurde, welche gemeinsamen Aktionen es gibt. Wer den Hut aufhat, haben Sie ja schon gesagt. Die Organisationsform ist demnach ein Verein?«

»Genau. Gegründet wurde der ›Cityring‹, um den Einzelhandel zu stärken. Gemeinsame Werbeaktionen sind ein Punkt, Synergie-Effekte nutzen ein anderer.«

»Es gibt ein gemeinsames Lager – ist das richtig?«

»Nu, da hat aber im Prinzip jeder Händler seine eigene Lagerfläche angemietet. Es ist eigentlich nur so, daß man sich das Gebäude teilt.« Sie drückte ihre Zigarette aus und blickte auf die Uhr. »Für alles weitere müßten Sie aber wirklich mit Frau Auerswald sprechen.« Sie blätterte in ihrem Tischkalender. »In zwei Wochen könnte ich einen Termin anbieten. Montag, 24. April, zehn Uhr. Würde Ihnen das passen?«

Andreas stimmte zu und übergab ihr eine Visitenkarte. Da ich noch keine hatte, die mich als freie Journalistin auswies, blieb ich bei meiner Rolle als unsichtbare Dritte.

Die Sekretärin blickte mich zwar fragend an, sagte jedoch nichts. Wir verabschiedeten uns.

Direkt neben dem Buchladen hatte das »aha«, ein Eine-Welt-Laden und -Café, bereits einige hohe Tische und Barhocker auf den Bürgersteig gestellt. Etwas ratlos ließen wir uns dort nieder.

»Also wenn es einen Ansatzpunkt gibt, dann ist es das Lager«, dachte ich laut nach und krempelte die Ärmel meiner Kostümjacke herunter. Im Schatten der Kreuzkirche war es noch kühl. Andy stimmte mir mit abwesendem Gesichtsausdruck zu.

Als die Bedienung kam, bestellte ich einen Milchshake, er einen Kaffee. Am Tisch neben uns ließen sich zwei Frauen nieder, die eine holte eine Packung Zigaretten aus ihrer Tasche und öffnete sie.

»Die Sekretärin hatte auch wieder Zigaretten ohne Steuerbanderole«, murmelte Andreas.

»Wieso ›auch wieder‹?«

»Es war mir schon bei dem Wachmann aufgefallen. Ich hatte es bloß vergessen.«

»Na und? Das haben doch viele. Hast du früher keine Zigaretten schwarz bei Vietnamesen gekauft?«

»Doch, auch schon mal, aber in letzter Zeit habe ich das nicht mehr so häufig gesehen.«

Ich zuckte die Schultern, nahm meinen rosafarbenen Shake entgegen und trank einen Schluck. In diesem Moment klingelte das Handy. Es war Uta Paulus.

»Sie hatten um meinen Anruf gebeten?«

Ich hatte ihr auf Andys Drängen hin gestern abend noch auf Band gesprochen. Jetzt mußte ich mich erst wieder daran erinnern, was ich ihr sagen sollte. Ich starrte auf die Straße, wo ein junger, athletisch gebauter Mann versuchte, mit seinem Rennrad auf dem Kopfsteinpflaster eine gute Figur zu machen. Endlich fand ich den losen Faden. Ich sagte, daß ich mich mit Herrn Ingram in Verbindung gesetzt habe, er aber leider momentan sehr beschäftigt sei.

»Er hatte auch ihrem Ex-Mann beim Vorgespräch schon mitgeteilt, daß er sich erst in etwa zwei Wochen mit dem Fall befassen könnte, aber wenn es Ihnen recht ist, kann ich ermitteln. Ich habe gerade freie Kapazitäten.« Während ich sprach, blickte ich mich vorsichtig um, aber die beiden Frauen redeten Englisch.

Uta Paulus zögerte kurz, dann stimmte sie zu. »Und wie sind Ihre Konditionen? Ich nehme ja an, daß Wolfgang etwas mit Herrn Ingram vereinbart hatte, aber wenn wir beide jetzt miteinander verhandeln ...«

Ich schluckte einmal nervös. Daran hatten wir nicht gedacht. »Wir haben einheitliche Honorare bei uns im Büro«, sagte ich nach einer kurzen Pause. »Wenn Sie mir Ihre Adresse geben, werde ich Ihnen unseren Vertragsvordruck zukommen lassen, aus dem Sie alles ersehen können.«

Zum Glück akzeptierte sie das, und ich kramte schnell ein Blatt Papier und einen Kuli aus meiner Tasche. So hatte ich etwas Zeit, in Dales Unterlagen nach seinen üblichen Honorarvereinbarungen zu suchen, und konnte jetzt auf die Fragen kommen, die wichtig waren, wenn an dieser Geschichte etwas dran sein sollte.

»Ich brauche alle Informationen über die Familie Ihres Mannes, die ich bekommen kann. Haben Sie in Freiburg noch etwas liegen?« Sie verneinte. »Dann gehe ich mal davon aus, daß Ihr Ex-Mann eventuelle Unterlagen hier hatte. Haben Sie einen Schlüssel für seine Wohnung?«

»Den Schlüssel habe ich gleich einer Firma für Haushaltsauflösungen zukommen lassen. Wolfgang hatte kein Testament gemacht und auch keinen Abschiedsbrief hinterlassen.« Gut, die nüchtern gemachte Aussage beantwortete eine weitere Frage. »Deshalb gilt unsere Tochter als Erbin, und die Behörden haben sich an mich gewandt. Ich habe verfügt, daß er verbrannt wurde. Die Urne ist hierher überführt und gestern beigesetzt worden. Die amtlichen Papiere hat mir die Polizei auch zugeschickt. Alles sonstige soll von dieser Firma … Ich nehme an, Sie benötigen den Namen … Einen Augenblick, bitte.« Im Hintergrund wurde ein Schrank geöffnet. »Hier habe ich es: Haushaltsauflösungen Wagert, Magdeburger Straße 35. Die sollen das erledigen. Ich kann deshalb nicht extra nach Dresden kommen.«

»Natürlich, das verstehe ich.« Ich verstehe vor allem, daß Wolfgang Paulus siebenhundert Kilometer Abstand zu dir gewählt hat, dachte ich. »Es wäre allerdings hilfreich, wenn Sie noch einmal bei dem Unternehmen anrufen würden, daß sie vorerst nichts unternehmen sollen und mir den Schlüssel aushändigen.«

»So, Sie sind also Privatdetektiv.« Der vierschrötige Kerl begutachtete mich abschätzend von oben bis unten.

Ich bemühte mich, cool zurückzublicken: »Es kommt nicht nur darauf an, was man hier hat.« Ich zog die rechte Hand aus der Jeanstasche und berührte den anderen Oberarm. Ich trug ein altes, kariertes Hemd von Andy.

Er grinste. »Na, wenn Sie meinen. Sie halten mir den ganzen Betrieb auf, wissen Sie das? Wir wollten heute nachmittag zu dem Objekt raus. Ich habe der Frau schon gesagt, das kostet extra. Hat ihr gar nicht gefallen. Also, wie lange brauchen Sie?«

Ich blickte auf meine Armbanduhr. Es war kurz nach

drei. »Ich müßte eigentlich heute fertig werden. Wie lange haben Sie geöffnet?«

»Bis fünf, aber wenn Sie später kommen – ich wohne da oben.« Er wies auf einen Ausbau aus dunkelgebeiztem Holz, der an Schwarzwald-Häuser denken ließ, über der Lagerhalle. Inmitten dieser trostlosen Gegend, quasi neben der städtischen Müllhalde, wirkte das mehr als skurril. »Einfach da die Treppe hoch und klopfen.«

»In Ordnung, Meister.« Zum Abschied tippte ich an einen imaginären Hut und saß kurz darauf mit dem Schlüsselbund bei Andy im Auto.

»Also, für mich ist diese Paulus auch verdächtig«, sagte ich, während er Kurs auf Gorbitz nahm. »Nicht nur, daß sie sich selbst nicht hierher bemühen will, sie heuert offensichtlich den billigsten Entrümpler an, um die privaten Sachen ihres Ex durchzusehen.« Mein Magen krampfte sich zusammen, und ich versuchte, nicht daran zu denken, daß ich im Falle von Dales Tod …

»Aber dann würde sie doch kaum weiter ermitteln lassen, oder?«

»Wer weiß? Wenn sie alle Spuren gründlich verwischt hat?«

5. Kapitel

Die Luft in Wolfgang Paulus' Wohnung war zum Schneiden. Abgestandener Zigarettenrauch mischte sich mit einem fauligen Geruch, das alles war durch die voll aufgedrehte Heizung regelrecht aufgekocht worden. Mir wurde schlecht, und ich lief schnell durch das kleine Apartment hindurch, stellte den Thermostat herunter und riß das eine große Fenster auf.

Der Zuschnitt der Wohnung war die Standardaufteilung für Ein-Raum-Apartments in einem Plattenbau. Ich hatte in Erfurt lange genug in einem solchen gelebt, um noch immer jedes Detail wiederzuerkennen: das Bad mit der dünnwandigen Badewanne, die sich mit dem Waschbecken einen Hahn teilte, und dem exakt berechneten Freiraum für die Waschmaschine, die beigefarbene Küchenzeile, durch eine dünne Rigipswand mit Durchreiche vom Hauptraum getrennt, das billige Linoleum, die über Putz verlegten Leitungen und Schalter. Sogar die Möbel ähnelten sich. Ich hatte mein Apartment damals möbliert und unter der Hand gemietet. Ob Wolfgang Paulus sich diesen billigen Sperrholz-Hausrat mit Plastikfurnier selbst ausgesucht hatte?

Der Gestank kam aus der Küche, wo das benutzte Geschirr in der Spüle gestapelt war. Die direkten Spuren der Tabletteneinnahme hatte wahrscheinlich – ebenso wie bei Dale – die Polizei beseitigt. Man sah lediglich noch Ringe auf der beschichteten Tischplatte, die auf ein Glas und eine Flasche hinwiesen. Nach dem Durchmesser der Kreise zu urteilen, könnte es Whisky gewesen sein.

»So wird es also bei uns auch bald riechen, wenn wir

nicht wieder einmal spülen«, versuchte Andy die Stimmung aufzulockern. Er hatte den Stapel Post, den wir aus dem Briefkasten geholt hatten, auf den einzigen Tisch gelegt und sah ihn durch. Ich ging ins Badezimmer, um festzustellen, ob ich irgendwelche Epilepsie-Medikamente fand.

In dem Schränkchen über dem Waschbecken waren jedoch lediglich eine Großpackung Aspirin und einige Erkältungsmittel zu finden. Die Küchenschränke bargen gar keine Tabletten, dafür gab es ein ganzes Fach voll billigem Rotwein, Korn und Wodka. Ich inspizierte die Schrankwand, deren freie Flächen mit Büchern vollgestellt waren.

Auf jeden Fall war Paulus ein gebildeter Mann gewesen. Die gesamte im Westen erhältliche DDR-Dissidenten-Literatur war vertreten, ebenso Alexander Solshenizyn und Kopelew, aber auch die amerikanischen Beat-Autoren und eine lange Reihe Chandler- und Hammett-Krimis. Ich zog einige Bücher heraus und blätterte ein wenig. Alle sahen gelesen aus, ab und an war ein Einband verknickt, es gab Kaffee- und Weinflecken.

»Hier ist etwas Interessantes«, hörte ich Andy hinter mir.

Als ich zu ihm trat, hatte er einen dicht beschriebenen Briefbogen in der Hand. »Du hast seine Post aufgemacht?«

»Ja, was denn sonst? Wie willst du denn etwas herausfinden?«

Darauf wußte ich keine Antwort, dennoch erschien es mir pietätlos, in der Privatpost herumzuschnüffeln.

Andreas blickte mich noch einmal verständnislos an, dann widmete er sich wieder dem Brief. »Er ist von einer älteren Frau, die sich zuerst entschuldigt, daß sie jetzt erst antwortet. Es ginge ihr nicht gut, Zipperlein im Alter etc. Aber dann: ›Was Du mir über das Haus, in dem Du Deinen alten Vater wiedergefunden hast, berichtest, macht Dich meiner Meinung nach zu Recht mißtrauisch. Wir haben hier in unserer Einrichtung natürlich auch eine Pflegeabteilung, die meisten dieser bedauernswerten Geschöpfe können sich nicht mehr selber helfen. Ich habe mich für Dich erkundigt und erfahren, daß Du recht hast: In solchen Fällen wird sofort beim Gericht eine Vormundschaft (es heißt heute anders, den Namen habe ich vergessen) beantragt, und das normalerweise in Absprache mit den Verwandten. Das war ja in Deinem Fall tatsächlich nicht möglich, man hätte Dir jedoch sofort, nachdem Du Dich als Sohn legitimiert hast, die betreffende Person nennen müssen und Dich nicht zweimal damit vertrösten dürfen, derjenige werde sich bei Dir melden.‹« Triumphierend blickte Andy auf, ich nickte nachdenklich, und er fuhr fort: »... kann ich Dir nur raten, energisch Dein Recht zu wahren und Einblick in die Unterlagen zu verlangen. Es grüßt Dich ganz herzlich Deine Gertrud.‹«

»Ob er genau das dann getan hat?« überlegte ich laut.

»Wir waren Kollegen, Wolfgang und ich. An der Max-Planck-Realschule in Freiburg«, erzählte Gertrud Lorenz bereitwillig, nachdem sie sich von dem ersten Schrecken erholt hatte.

Ich hatte mich wieder als Privatdetektivin ausgegeben und ihr so schonend wie möglich berichtet, daß Wolfgang Paulus tot war. Nun fragte ich, was ihr ehemaliger Kollege ihr geschrieben habe.

Sie wiederholte die Geschichte, wie er seinen Vater aufgefunden hatte, daß dieser ihn nicht erkannte und er beim

Heimleiter nachfragte, warum man ihn nicht ausfindig gemacht habe. »Das hörte sich schon einleuchtend an, daß sein Vater ihn verleugnet hatte, nach allem, was Wolfgang immer erzählt hat. Aber dann hat Wolfgang sich erkundigt, warum keine Vormundschaft eingerichtet worden war. Eine Pflegerin hat ihn daraufhin ganz unverschämt abgefertigt, und der Heimleiter erklärte, es gebe eine Vormundschaft. Er wolle diesen Vormund bitten, sich mit Wolfgang in Verbindung zu setzen. Das ist aber nie passiert. Und das alles kam ihm eben komisch vor. Aber warum fragen Sie eigentlich? Hat Sie jemand engagiert, um zu ermitteln?«

»Wolfgang Paulus selbst hatte unser Büro wegen seines Vaters engagiert. Und nun erscheint uns sein Tod nicht ganz koscher zu sein. Könnten Sie sich vorstellen, daß er Selbstmord begangen hat?«

Gertrud Lorenz druckste ein wenig herum. »Wolfgang war nicht das, was man einen gefestigten Menschen nennt. Er hat dem Alkohol viel zu sehr zugesprochen, als er es mit seiner Krankheit gedurft hätte. Es gab auch immer wieder echte Krisen.« Sie machte eine Pause. »Aber Selbstmord? Ich weiß nicht. Zumindest hat er nie davon gesprochen, und wir standen uns schon relativ nahe.«

So vorsichtig wie möglich fragte ich nach, welcher Art ihre Beziehung gewesen sei.

»Ich glaube, ich war für ihn ein wenig Elternersatz. Ich war ja über zwanzig Jahre älter. Seine Mutter ist gestorben, als er noch ein kleiner Junge war, und sein Vater … Nun ja, Wolfgang hat immer darunter gelitten, daß er eigentlich niemanden mehr hatte. Zumal seine Ehe auch ein ziemliches Desaster war.«

Als ich mich von der alten Frau verabschiedete, fühlte ich mich nicht schlauer als vorher, aber um einiges trauriger. Wie es schien, hatte Wolfgang Paulus sich zeit seines Lebens daran abgemüht, normale Beziehungen aufzubauen. Nur mühsam riß ich mich aus meiner Stimmung und berichtete Andy, was ich erfahren hatte.

»Wir müßten an die Unterlagen der ehrenwerten Seniorenresidenz kommen«, überlegte er laut, während er begann, den vollgestellten Küchentisch abzuräumen.

Ich stand auf und half ihm, in Gedanken noch immer bei dem Toten. Auch Dale hatte wenig von seinen Eltern gehabt. Der Vater, ein Polizist, war 1976 von einem durchgeknallten Vietnamveteranen erschossen worden; seine Mutter war, kurz nachdem er die High-School absolviert hatte, an Krebs gestorben. Würden Außenstehende auch sagen, daß seine langjährige Beziehung »ein Desaster« gewesen war?

»Was?« Offensichtlich hatte Andy mich etwas gefragt.

»Ich wollte uns Koteletts und Salat machen. Einverstanden?«

Gleichgültig nickte ich und holte, nachdem das ganze schmutzige Geschirr neben der Spüle gestapelt war, eine Flasche Bier aus dem Kühlschrank. Dann setzte ich mich wieder an den Tisch.

»Danke, ich möchte keine.«

»Entschuldige, nimm die.« Ich reichte Andreas die Flasche. Er war so lieb und besorgt, und ich wollte ihn im Moment nur aus meinem Denken ausklammern. Heute vor einer Woche hatte ich Dale gefunden. Was hieß das nun medizinisch? Eine Woche Koma?

»Ob wir versuchen sollten, mit Dales Dietrichen in Kupfers Büro zu kommen?« fragte Andy, während er den Salat wusch.

»Ich will da nicht mehr hin.«

»Was heißt das: Du willst da nicht mehr hin?«

»Ich kann das nicht, diese Menschen ... Es geht nicht!«

»Und wie sonst willst du herausfinden, wer Paulus umgebracht und es bei Dale versucht hat?«

»Das ist doch alles noch gar nicht klar. Und – ach verdammt, laß mich doch in Ruhe!«

»Danke, Max.« Ich saß an der Bar des »Café Hieronymus«. Der Wirt hatte soeben einen gut bemessenen Johnny Walker Black Label vor mich hingestellt. Es war erst kurz nach acht und noch entsprechend wenig Betrieb in der Szene-Kneipe, die den ersten Stock eines Abbruchhauses ausfüllte. Ich trank Schluck für Schluck und kam ein wenig zur Ruhe. Bruce Springsteens »Born in the USA« lief, eine CD, die sich mit Dales Heimat, der kaputten Seite New Jerseys, beschäftigte. Ich hatte das Gefühl, daß die geradlinige Gitarre mir regelrecht den Schmerz austrieb.

Warum hatte ich wieder so reagiert – wo ich doch erst gestern im Krankenhaus beschlossen hatte, mich zusammenzureißen? Natürlich konnte es einen Zusammenhang zwischen Wolfgang Paulus und Dale geben. Und natürlich müßten wir dem nachgehen. Armer Andy! Es sollte mich nicht wundern, wenn er bald einmal durchdrehte. Ich trank den Whisky aus und signalisierte Max, daß ich noch einen wollte. Er blickte mich zwar skeptisch an, sagte aber nichts, sondern stellte mir ein neues Glas hin.

»Last night I heard your voice, you were crying, crying, you were so alone.« Springsteens Betonung war der von Dale, wenn er Englisch sprach, so ähnlich.

Seltsamerweise hatte ich in all den vergangenen Nächten kein einziges Mal von ihm geträumt. Wenn ich geschlafen hatte, dann stets bleischwer und – so schien es mir zumindest – ohne einen einzigen Traum. Ob man im Koma Träume hatte? Ich verschränkte beide Hände um mein Glas, schaute Max an und versuchte ein Lächeln.

»Hast du schon was gegessen?« fragte er. »Ich habe einen guten Bohneneintopf da.«

»Fang du auch noch an«, seufzte ich, stimmte dann aber zu, und als der duftende Teller vor mir stand, spürte ich auch meinen Hunger.

Es würde wohl kein Weg daran vorbeiführen, noch einmal in das Altersheim zu gehen. Zu versuchen, dort einzubrechen, war allerdings ziemlicher Schwachsinn. Abgesehen davon, daß man mit den Dietrichen sowieso keine Sicherheitsschlösser öffnen konnte, befand sich wahrscheinlich Tag und Nacht jede Menge Personal im Haus. Was allerdings diese Vormundschaften anging, mußte man doch über das Gericht etwas herausbekommen können. Während ich kaum merkte, wie heißhungrig ich den köstlichen Eintopf in mich hineinschaufelte, dachte ich nach.

»Ah, das war wirklich gut. Machst du mir jetzt ein Pils?« bat ich, als ich Max den leeren Teller zuschob. »Oder warte! Gib mir lieber einen Kaffee!« Wenn mich nicht alles täuschte, war der dunkelhaarige Junge, der dort gerade mit zwei Freunden hereingekommen war, der Motorradfan von der Rezeption der »Seniorenresidenz«. Anscheinend war dies nicht die erste Kneipe, die sie heute abend ansteuerten, denn alle drei wirkten schon leicht angetrunken.

Ich überlegte hin und her, wie ich ihn ansprechen könnte, aber mir fiel nichts besonders Kluges ein. Also nahm ich einfach meinen Kaffee und ging zu seinem Tisch im hinteren Teil der Kneipe.

»Hallo, wir haben uns gestern im Altersheim gesehen, nicht wahr?« Na, das verdiente kaum den Anmach-Preis des Jahres. Der Junge guckte ein wenig irritiert, weil er mich in Jeans und Männerhemd nicht wiederzuerkennen schien. Ich mußte mich an einem der nächsten Tage überwinden und wenigstens ein paar Kleidungsstücke aus der Antonstraße holen. »Kimberly Markward. Ich war gestern auf der Suche nach meinem Großonkel, Herrn Paulus.«

»Ach ja, klar.« Seinem Gesichtsausdruck nach zu urteilen, erinnerte er sich noch nicht wirklich, aber ich nahm die Äußerung als positives Signal und zog mir einen Stuhl heran.

»Darf ich? Das ist bestimmt nicht einfach, die Arbeit dort, oder? Wie heißt du eigentlich?«

»Mark Eichert. Na ja.« Er zog eine Zigarette aus seiner Packung, steckte sie an und hielt dann mir die Schachtel hin. Ich schüttelte den Kopf und fragte ihn, ob er noch ein Bier wolle, und hob dann zwei Finger in Max' Richtung. Marks Freunde hatten mich neugierig begutachtet, als ich an den Tisch getreten war. Nun steckten sie die Köpfe zusammen und kicherten. Ich bemühte mich, sie zu ignorieren.

»Weißt du, es ist für mich ganz seltsam, nach so langer Zeit einen Verwandten das erste Mal zu sehen, und dann … Na, du weißt ja wahrscheinlich, was dort auf der Pflegestation los ist. Also für mich war das gestern ziemlich fürchterlich, deshalb frage ich mich, wie es ist, dort zu arbeiten.«

»Eigentlich nicht schlecht.« Max hatte die zwei Bier hingestellt, und Mark taute ein bißchen auf. »Die Alten sind schon ganz okay. Viele sind wirklich cool. Mit denen auf der Pflegestation hab ich an der Pforte ja kaum was zu tun, höchstens wenn mal einer türmen will.« Er grinste. »Da gab es schon witzige Aktionen.«

»Und die Kollegen?«

Er zuckte die Schultern. »Ich bin Zivi, da gehört man sowieso nicht richtig dazu. Die meisten sind aber auch ganz okay. Und die Chefs – na ja.«

»Chefs? Ich kenne bloß den Kupfer.«

»Die Kellermann ist die Pflegedienstleiterin. Ohne sie geht gar nichts in dem Laden.« Er strich seine kinnlangen, dünnen Haare aus dem Gesicht.

»Ach so. Kennst du denn meinen Großonkel?«

»So vom Sehen. Wir haben ja nur so fünfzig Bewohner, da kennt man schon jeden, aber der Paulus war seit Ewigkeiten nicht mehr unten.« Mark trank einen großen Schluck Bier und grinste wieder. »Ich glaube, das war früher mal ein ziemlich fetter Brocken.«

Ich nickte. »O ja, er hat ja unsere ganze Familie verleugnet, weil mein Onkel Wolfgang als junger Mann in den Westen rübergemacht ist. Schon ziemlich verrückt.«

»Dein Onkel, ja. Da war ganz schön die Hölle los, als der auf einmal aufgetaucht ist. Alle hatten gedacht, der alte Paulus hätte gar keine Familie.« Wieder widmete er sich seinem Bier, und ich spürte, daß er langsam betrunken wurde. Als Max vorbeikam, signalisierte ich ihm, daß er noch eins bringen sollte. Mein Glas war noch fast voll, ich mußte dringend einen Rest klaren Verstands behalten.

»Wieso, was war da los?«

»Weiß auch nicht. Oh, danke!« Mark strahlte Max an, der das Pils vor ihn hinstellte. Er wischte sich dann die Hände an seiner Jeans ab und zündete eine neue Zigarette an. Ich fürchtete schon, daß er darüber den Faden verloren hatte, aber er fuhr fort: »Die von der Verwaltung haben im Dreieck getickt.« Er spitzte den Mund und zog die Augenbrauen hoch. »Der vornehme Herr Kupfer war schon früh um sieben da, der Rechtsanwalt ist ein-

und ausgegangen, und die Telefone waren andauernd belegt.«

»Das hört sich ja fast so an, als wenn mein Onkel recht gehabt hätte und da tatsächlich etwas nicht stimmt.«

Mark zuckte die Schultern. »Tja, wer weiß das schon? Ich bestimmt nicht.«

»Weißt du, daß mein Onkel gestorben ist, kurz nachdem er bei euch war?«

Er schrak zusammen. »Nein, das wußte ich nicht. Ich habe ihn nur nicht mehr gesehen, und bei uns ist wieder die Ruhe eingekehrt. Gestorben – wie?«

»Offiziell war es Selbstmord, aber mir kommt das Ganze allmählich seltsam vor. Hast du eigentlich einen Schlüssel zu dem Altenheim?«

»Treten Sie ein, Gnädigste.« Mit einer tiefen Verbeugung ließ Mark mich in das dunkle Seniorenheim vorangehen. Ich mußte verrückt sein, mit dem angetrunkenen Jungen hier einzudringen. Zwanzig Euro – nachdem ich das Taxi hierher bezahlt hatte, war ich jetzt komplett pleite, Max würde sein Geld erst morgen bekommen – hatten seine Abenteuerlust entschieden angestachelt, und nun verspürte er ganz offensichtlich Spaß an seiner Rolle. Ich fühlte mich zum Glück wieder einigermaßen klar. Von den beiden Whiskys spürte ich kaum mehr etwas, wenn mir auch schwante, daß sie für meine Chuzpe mit verantwortlich waren.

Mark verschwand hinter der Eichenholztheke. Er schaltete eine Lampe ein, bückte sich und öffnete einen Schrank. Als er wieder auftauchte, schwenkte er einen großen Schlüsselbund um seinen Zeigefinger. »Trari, trara!«

»Mach lieber das Licht wieder aus«, sagte ich.

»Augenblick.« Wieder bückte er sich und blendete mich kurz darauf mit einer Taschenlampe.

»Prima.« Ich unterdrückte einen Fluch, nahm ihm einfach die Lampe aus der Hand und schirmte das Licht mit der Hand ab.

Wir gingen durch die Halle hindurch zu dem hinteren Anbau; Mark schloß die erste Tür auf, und wir standen in dem Vorzimmer, in dem Andreas und ich gestern gewartet hatten. Ich trat an den Schreibtisch, auf dem ein Schnellhefter lag. Ein Antrag auf ein Ein-Raum-Apartment, gut zehn Seiten stark. Die »Seniorenresidenz Kamelie« wollte nicht nur genau über die familiären Verhältnisse Bescheid wissen, sondern vor allem über die finanziellen. Kunststück! Es ging schließlich um einen monatlichen Obolus in Höhe von fast dreitausend Euro. War der Verdacht der überteuerten Miete also gar nicht so abwegig? Aber Kupfer selbst hatte ja bereits gesagt, daß die Unterbringung bei ihnen »nicht ganz billig« sei.

Als ich ein Feuerzeug klicken hörte, schrak ich hoch. »Bist du wahnsinnig? Mach die Zigarette aus! An deinem Schuh.«

Eingeschüchtert gehorchte Mark und hielt den angekokelten Glimmstängel danach ratlos in der Hand. Ich schlug den Terminkalender zurück, fand jedoch keine Einträge, die auf den großen Auftrieb, von dem Mark erzählt hatte, schließen ließen. Die Schreibtischschubladen waren ebenso wie ein metallener Archivschrank abgeschlossen. Mark zuckte nur die Achseln, als ich ihn anblickte. Ich schimpfte leise vor mich hin und fragte ihn, ob er denn einen Schlüssel für das Allerheiligste habe. Erfreut, noch einmal auftrumpfen zu können, grinste er und hantierte wieder mit seinem großem Bund. In Kupfers Büro war jedoch überhaupt nichts zu holen. Der

Schreibtisch sah aus wie geleckt, der hohe Schrank war verschlossen. Auch hier sah ich mir den Terminkalender an – und stieß zumindest auf einen interessanten Eintrag: Am 24. März hatte Kupfer *Amtsgericht/Fr. Militzke* und eine Telefonnummer in dicken Lettern notiert.

Glücklicherweise fand ich in meiner Hosentasche eine alte Einkaufsliste. Ich holte aus dem Vorzimmer einen Stift und schrieb den Eintrag ab.

Als ich danach Kupfers Computer startete, wurde Mark unruhig. Ich hatte ihm bereits angemerkt, daß er das große Abenteuer mittlerweile langweilig fand. »Ich glaube, das geht zu weit.« Er trat von einem Fuß auf den anderen. »Laß das lieber.«

Ich hatte schon gesehen, daß der Rechner ein Paßwort verlangte. »Okay, keine Panik.« Ich schaltete das Gerät aus, und wir wandten uns zum Gehen.

»Die Pflegedienstleiterin … hat die auch irgendwo ein Büro?« fragte ich, während ich mich in der Tür noch einmal umdrehte, um sicherzugehen, daß alles unberührt aussah.

»Nö, die Kellermann ist immer überall und nirgends. Ihren Schreibtisch hat sie auf der großen Station im ersten Stock, aber dafür habe ich keinen Schlüssel.«

Kaum waren wir wieder in der Halle, steckte er sich die Zigarette, die er die ganze Zeit in der Hand gehalten hatte, in den Mund und zückte das Feuerzeug. Ich wollte gerade etwas sagen, als ich auf einmal ein Geräusch auf der Treppe hörte. Kurz entschlossen griff ich seine Hand, zog ihn hinter die Tür zurück und hielt mir den Finger vor den Mund.

Die Taschenlampe hatte ich ausgeschaltet. Nach einiger Zeit gewöhnten die Augen sich jedoch an das wenige Licht, das von einer Straßenlaterne der Seitenstraße hereinfiel. Ich sah, wie eine weißgekleidete Gestalt die breite, herrschaftliche Treppe hinunterkam. Es erinnerte fast zu sehr an Schauergeschichten, um wirklich gruselig zu sein, dennoch lief es mir kalt über den Rücken. Die Gestalt murmelte etwas vor sich hin, wanderte durch die Halle, ging ans Fenster und starrte ins Dunkle. Dann sah ich, daß das Weiße ein Bademantel war. Ganz offensichtlich waren wir einer Bewohnerin beim Schlafwandeln in die Quere gekommen. Als sie sich der Eingangstür näherte, wurde Mark unruhig.

»O je, bleib hier.« Entschieden ging er auf die Frau zu und erreichte sie in dem Moment, als sie die Klinke herunterdrücken wollte. »Na, Frau Gunther, was machen Sie denn hier? Kommen Sie! Gehen Sie wieder ins Bett!«

Er nahm sie am Arm und lotste sie zurück zur Treppe. Während er mit ihr die Stufen hinaufstieg, wedelte er mit dem linken Arm wie wild in Richtung Ausgang, und ich drückte mich an der Wand entlang zur Tür, öffnete sie so leise wie möglich und schlüpfte hinaus.

In dieser Nacht träumte ich von Dale. Er trug das weiße Krankenhaushemd, schien jedoch wieder völlig gesund zu sein. Mit schnellen Schritten durchquerte er die schier gigantische Halle des Seniorenheims, ich lief hinter ihm her. Ich wußte, ich mußte ihn warnen, kam jedoch nicht von der Stelle. Meine Stimme versagte, als ich ihn rufen wollte. Ich schrie und schrie, heraus kam jedoch nur ein Krächzen. Dale drehte sich nicht um.

»Wach auf, Kirsten!« Ich fühlte mich gepackt und geschüttelt.

»Dale?« Mühsam öffnete ich die Augen und schaute direkt in Andys besorgtes Gesicht.

»Du hast geträumt. Ganz ruhig.« Ich begann, haltlos zu

schluchzen, und er drückte mich ganz fest an sich, streichelte meinen Rücken. Ich preßte das Gesicht an seinen nackten Oberkörper, roch seine Haut und weinte so lange, bis keine Tränen mehr kamen.

»Schwarz mit der Bahn. Wie sonst?« sagte ich. Draußen tauchte die Frühlingssonne die Straße in strahlendes Licht. Wir saßen beim Frühstück, und ich hatte Andreas soeben von meinen Abenteuern des vergangenen Abends erzählt. Er wollte wissen, wie ich nach Hause gekommen war, nachdem ich keinen Cent mehr in der Tasche gehabt hatte.

»Nicht schlecht.« Er grinste. Ich war froh, daß er weder mein gestriges Hinausstürmen noch den Alptraum erwähnte. »Ich habe zwar nicht soviel Einsatz gezeigt, aber ich glaube, ich habe eine ganz gute Idee für eine Falle.«

»Was für eine Falle?« fragte ich nach.

»Wenn wir davon ausgehen, daß Dale getötet werden sollte, weil er kurz davorstand, etwas aufzudecken, dann könnte man doch jetzt eine Meldung veröffentlichen in der Richtung: Mordopfer hat Anschlag überlebt, es geht ihm wieder gut, und er wird morgen aus der Klinik entlassen. Er kündigte an, der Polizei Hinweise über die Täter zu geben.«

Während er sprach, hatte ich meine Tasse klirrend auf die Untertasse gestellt. »Was soll das denn? Willst du es darauf anlegen, daß Dale garantiert noch umgebracht wird, oder was?«

»Dale ist doch im Krankenhaus absolut sicher. Wir beide müßten in sein Haus einziehen und gucken, was sich tut.«

»Nein! Ich kann nicht da leben, nicht jetzt, nachdem … Und schon gar nicht mit dir! Außerdem wäre es viel zu gefährlich. Was sollten wir denn machen, wenn tatsächlich jemand kommt?«

Andy zuckte die Schultern. »Ihn nicht reinlassen. Nur fotografieren oder sonst irgendwie identifizieren. Außerdem wollte ich sowieso wieder mit Karate anfangen, und Dales Waffe ist auch noch da.«

»Das ist völliger Unfug. Wenn du jetzt nach Ewigkeiten wieder Karate machst, hilft uns das vielleicht in zwei Jahren weiter. Und mit der Waffe können wir beide nicht umgehen. Damit gefährden wir uns höchstens selbst. Nein!« Damit war das Thema für mich erledigt.

Einige Minuten lang frühstückten wir schweigend, dann fing Andreas noch einmal an: »Wahrscheinlich wären wir ja gar nicht in Gefahr, weil der Täter Dale kennt und ihn sucht.«

6. Kapitel

Mein Zimmer war absolut unverändert. Der leicht muffige Geruch ließ ebenso wie eine Staubschicht auf Bücherregalen und Schreibtisch darauf schließen, daß Dale den Raum nicht betreten hatte. Wie würde es hier aussehen, wenn ich meine Sachen abgeholt hatte?

Ich ging zum Fenster, öffnete es und beugte mich hinaus, um auf den herrlichen, verwilderten Garten zu blikken. Bald konnte man dort sitzen, mit einem Buch, die Sonne und das Grün ringsumher genießen, Vogelzwitschern in den Bäumen. Ich holte tief Luft. Andreas hatte die Reisetasche abgesetzt und stand nun neben mir.

»Wenn du glaubst, daß du es nicht packst, kann ich auch alleine hier bleiben.«

»Und ich soll in unserer Wohnung weiter aufbauen, was? Nein, auf keinen Fall.« Ich gab mir einen Ruck und ging ins Schlafzimmer. Das Bett war gemacht, alles sah ordentlich und verlassen aus. Meine Decke und zwei weitere Kissen fand ich unten in meiner Hälfte des Kleiderschranks. Zusammen mit einem Satz Bettwäsche trug ich sie über den Flur. Andy hatte schon meinen Laptop aus der Tasche geholt und saß am Schreibtisch.

Ich klappte das Sofa aus und richtete es als Bett her, dann ging ich nach unten, hörte den Anrufbeantworter ab – auf dem die Anfrage eines nuschelnden Mannes war, ob Dale seinen gestohlenen Mercedes S-Klasse aufspüren könnte – und nahm das Telefon mit in die Küche.

Nach einiger Überredung war meine ehemalige Bürogenossin Ines bereit, unseren Text in die Zeitung zu heben. Ich sagte ihr bloß, daß Dale Schwierigkeiten mit einem Fall hätte und wir deshalb bluffen wollten. Ich hatte noch immer gewisse Bedenken, was Andys Idee anging, gleichzeitig aber hegte ich seit gestern nacht auch den übergroßen Wunsch, irgend etwas tun zu können. So hatte ich schließlich eingewilligt und hoffte bloß, daß wir uns in den kommenden Tagen nicht wie in einer Falle fühlen würden, in einem Haus, in dem ich einmal mit Dale glücklich gewesen war, wo mich alles an ihn erinnerte.

Der Inhalt des Kühlschranks war fast gänzlich unbrauchbar geworden. Lediglich die Marmelade und Dales unvermeidliche Erdnußbutter ließ ich, wo sie waren. Den Rest entsorgte ich in den Müll. Bei der Grapefruitflasche überlegte ich einen Moment. Nach Hantzsches Aussage hatte die Polizei jedoch schon alles auf Fingerabdrücke hin kontrolliert. Die Kaffeetasse mit den verwischten Lippenstiftspuren holte ich allerdings aus der Spülmaschine und stellte sie auf das alte Büfett. Zwar konnte ich mir kaum vorstellen, daß der Schimmer ausreichte, um die Farbe zu bestimmen. Vielleicht war es aber durch irgendwelche Analysen doch möglich, noch etwas herauszubekommen – falls die Polizei sich jemals herabließ, in diesem Fall etwas zu unternehmen. Ob wir doch noch einmal zu Hantzsche gehen sollten? Andererseits war alles so vage. Was hatten wir schon in der Hand?

Andy saß noch am Schreibtisch, kritzelte jedoch auf einem Blatt Papier herum. Ich zog mir den Laptop heran und las: »Wie erst jetzt bekannt wurde, ist am vergangenen Dienstag in der Neustadt ein Mordanschlag verübt worden. Bislang unbekannte Täter hatten versucht, den Privatdetektiv Dale Ingram in seinem Büro mit einer Überdosis Barbituraten zu vergiften. Ingram wurde jedoch rechtzeitig gefunden und ärztlich versorgt. Mittlerweile hat er sich wieder soweit erholt, daß er heute aus der

Klinik entlassen wird. Die Polizei ermittelt noch in dem Fall.«

»Okay.« Wir hatten uns darauf geeinigt, die Meldung sehr viel zurückhaltender zu formulieren, als Andreas es zuerst beabsichtigt hatte. Ich rief Ines an und gab ihr den Text durch.

»Wenn es Ärger geben sollte, weißt du von nichts, und ich habe das noch selbst reingesetzt.« Ich klang wie Andy zu seinen besten Zeiten, und er grinste mich an.

»Was meinst du«, begann er, nachdem ich aufgelegt hatte, »ob wir dann mal bei dieser Frau Militzke vom Gericht anrufen?«

»Ich weiß nicht. Vielleicht sollten wir erst einmal versuchen, ein paar Hintergrundinformationen zu bekommen. Wir wissen noch nicht einmal, wie Vormundschaften richtig heißen. Diese Kollegin von Wolfgang Paulus sagte doch, daß es heute eine andere Bezeichnung dafür gibt.«

Andreas nickte. »Also muß die Pressestelle helfen.« Er ging nach unten und holte das Telefonbuch. Kurz darauf hatte er auch schon die Sprecherin des Amtsgerichts am Apparat und erzählte ihr, er wolle einen Artikel über die Lebensbedingungen alter Menschen in Sachsen schreiben. »Besonders über diejenigen, die nicht mehr ganz auf der Höhe sind. Nun fange ich gerade erst an und dachte, Sie können mir vielleicht ein paar grundsätzliche Informationen zum Thema Vormundschaften geben.« Er machte eine Pause, hörte zu. »Ach so, gut.«

Während er eifrig mitkritzelte, überlegte ich, ob ich vielleicht noch einmal Mark kontaktieren sollte.

»Im wesentlichen habe ich das herausgefunden, was wir schon wußten«, sagte Andy, als er aufgelegt hatte. »Wenn jemand«, er blickte auf sein Blatt, »wegen Krankheit oder Behinderung seine rechtlichen Angelegenheiten ganz oder teilweise nicht mehr selbst regeln kann, wird vom Gericht eine gesetzliche Vertretung bestellt. Das heißt heute ›Betreuung‹ und gilt für genau festgelegte Bereiche. Unterbringung, Vermögen. Blablabla.« Er blickte auf, und ich nickte nachdenklich. »Außerdem soll immer erst geprüft werden, ob Familienangehörige die nötige Hilfestellung leisten können.«

»Na ja, der alte Paulus hat sich ja selbst als alleinstehend ausgegeben«, erinnerte ich ihn. »Ist mit so einer Betreuung Geld zu verdienen?«

»Nein. Es ist ein Ehrenamt. Und es gibt auch immer Schwierigkeiten, genügend Freiwillige dafür zu finden. So, jetzt zu Frau Militzke. Willst du? Vielleicht kannst du dich als Sekretärin der ‚Seniorenresidenz' ausgeben.«

Ich wählte die Nummer aus Herrn Kupfers Kalender. Als eine energische Frauenstimme sich meldete, hatte ich plötzlich eine andere Idee und stellte mich wieder als Kimberly Markward vor. »Entschuldigen Sie die Störung, aber Herr Kupfer von der ›Seniorenresidenz Kamelie‹ hat mir gesagt, ich könne mich an Sie wenden. Es geht um die Betreuung für meinen Großonkel, Herrn Paulus.« Hoffentlich fragte sie jetzt nicht nach dem Vornamen, dachte ich.

»Nu, ich kann Ihnen auch nicht mehr sagen als Herrn Kupfer. Wir tun unser Möglichstes, aber wir haben im Moment niemanden. Wenn es allerdings noch Verwandte gibt, ändert das ja die Situation. Können Sie das Amt nicht übernehmen? Hat Herr Kupfer Sie nicht gefragt?«

»Nein, doch – also, ich lebe in Erfurt und hatte auch bislang keinen Kontakt zu meinem Großonkel.«

»Verstehe.« Das klang ziemlich reserviert.

»Wie lange suchen Sie denn schon jemanden? Ich meine, wenn es völlig aussichtslos ist …«

»Aussichtslos ist es nicht. Die ›Seniorenresidenz‹ hat

sich erst Ende März an uns gewandt. Die Begutachtung der betroffenen Person fand auch erst in der letzten Woche statt. Das wußten Sie wohl nicht.« Anscheinend war jetzt ihr Mißtrauen geweckt.

Ich versuchte die Flucht nach vorn. »Nein, davon hat Herr Kupfer mir nichts gesagt. Tatsächlich hat er den Anschein erweckt, daß bereits eine Betreuung für meinen Großonkel besteht.« Die kleine Hoffnung, in der Beamten eine Verbündete gefunden zu haben, erwies sich jedoch als falsch.

»Nun, das sollten Sie dann noch einmal mit Herrn Kupfer klären. Und jetzt entschuldigen Sie mich bitte, ich muß zu einer Anhörung.«

»Also, jetzt ist auf jeden Fall klar, daß in der noblen Residenz etwas nicht stimmt«, sagte Andy, nachdem ich das Gespräch wiedergegeben hatte. »Aber wie kommen wir da weiter?«

»Uta Paulus könnte Anzeige erstatten.«

»Wegen einer zu spät beantragten Vormundschaft? Das geht doch garantiert als Kavaliersdelikt durch. Aber da steckt bestimmt noch was anderes dahinter.«

Ich ließ den Blick nachdenklich über mein Bücherregal schweifen. »Aber was? Ich kann mir ja vorstellen, daß die alten Leutchen, die keine Familie haben, irgendwie ordentlich abgezockt werden. Wahrscheinlich ist das gar nicht so schwer, wenn keiner da ist, vor dem die Heimleitung sich rechtfertigen muß. Aber was für ein Ausmaß müßte solch ein Betrug haben, damit jemand einen Mord begehen würde, um das zu vertuschen?«

Andy zuckte die Schultern. »Wer weiß, auf was wir da gestoßen sind.«

Ich wählte die Nummer des Altersheims. Offensichtlich war Mark jedoch nicht an seinem Platz an der Pforte, denn nach etlichen Klingelzeichen meldete sich eine Frau. Reflexartig legte ich auf, weil ich nicht riskieren wollte, daß jemand meine Stimme erkannte.

Da uns momentan nichts einfiel, was wir tun konnten, gingen wir zunächst einkaufen. Ohne uns abzusprechen, packten wir haltbare Lebensmittel wie für eine Belagerung in den Wagen. Nur mit Mühe schafften wir es überhaupt, alles nach Hause zu schleppen. Als ich vorschlug, heute abend »noch einmal« essen zu gehen, stimmte Andreas sofort zu.

»Sag mal«, begann ich vorsichtig und trank dann erst einmal einen Schluck Rotwein. »Warum stürzt du dich so auf diese Geschichte?«

»Wie – warum?« Andy verstand offensichtlich die Frage nicht.

Wir hatten mit viel Glück einen freien Tisch beim Spanier im Kunsthof ergattert, wo solch ein Andrang herrschte, daß einige Hartgesottene bereits nach draußen ausgewichen waren. Ich senkte meine Stimme.

»Na ja, bei unserer Vergangenheit macht es wenig Sinn, daß dir soviel an Dale liegt, daß du unbedingt herausbekommen willst, wer ...« Ich ließ den Satz unbeendet.

Andreas starrte mich an, dann krempelte er die Ärmel seines verwaschenen blaugrauen Hemdes bis über die Ellenbogen auf. »Also, du meinst, ich müßte froh sein, daß du jetzt bei mir bist und vielleicht sogar, daß Dale da liegt?«

»Nein, natürlich nicht.« Ich trank noch einen Schluck Wein. »Ist nicht so wichtig. Vergiß es.«

»Doch, ich glaube, das ist verdammt wichtig.« Er war so laut geworden, daß sich ein Mädchen vom Nachbartisch umdrehte. »Ich will, daß du mit mir zusammen bist, weil du es willst, nicht aus Mangel an Alternativen. Und ich glaube kaum, daß wir das Kapitel Dale jemals abschließen können, wenn ...« Nun brach er mitten im Satz ab. Leiser fuhr er fort. »Mein Herz hängt nicht gerade an Dale – was bestimmt an unserer Vergangenheit liegt, da hast du schon recht. Auf eine gewisse Art habe ich ihn aber trotzdem immer gemocht, und ob du es glaubst oder nicht: Der Gedanke, daß diese Geschichte vielleicht nicht gut enden könnte, geht mir auch ziemlich an die Nieren.« Er schaute mich ernst an, und ich senkte den Blick. »Vor allem aber liegt mir verdammt viel an dir. Und ich denke, daß es dir hilft, diesen Fall soweit wie möglich aufzuklären.«

Ich murmelte Zustimmung und wünschte, Andy hätte damit nicht eingestanden, daß es möglich war, daß Dale nicht wieder aufwachte. Ich brauchte seinen Optimismus, wie sehr, wurde mir gerade erst bewußt.

Als hätte er meine Gedanken erraten, fuhr er nach einem Stück Kartoffel mit Ajoli in leichtem Plauderton fort: »Abgesehen davon kann ich mir es eigentlich nicht leisten, meine Zeit mit dieser Geschichte zu verbringen. Das Essen heute darfst also du bezahlen. Du bekommst ja wenigstens noch einmal ein ordentliches Gehalt.«

Am nächsten Morgen um 7.11 Uhr klingelte das Handy. Ich blinzelte auf den Wecker. Andy lag trotz des penetranten Gedudels noch im Tiefschlaf neben mir auf dem schmalen Sofa. Ich rüttelte ihn, doch er zog sich nur die Decke über den Kopf. Also stand ich auf, fischte das Telefon aus seiner Jeans und ging dran.

»Sind Sie vollkommen wahnsinnig geworden? Wird Herr Ingram wirklich entlassen? Was bezwecken Sie damit? Wollen Sie ihn zur lebenden Zielscheibe machen?«

Für den phlegmatischen Hauptkommissar war das ein Temperamentsausbruch erster Klasse. Ich versuchte mühsam, wach zu werden. Nachdem wir gestern bis weit nach Mitternacht im »Hieronymus« versackt waren, fiel mir das nicht gerade leicht.

»Guten Morgen, Herr Hantzsche. Sie meinen die Zeitungsmeldung«, versuchte ich Zeit zu gewinnen.

»Nein, ich meine Ihre Einkaufsliste!«

»Also, Herr Ingram ist im Krankenhaus noch in Sicherheit.« Hoffentlich war der Anrufbeantworter unten ausgeschaltet, sonst hatte Hantzsche vielleicht schon kombiniert, daß wir hier waren. Schließlich hatten wir von unserer Wohnung aus eine Rufumleitung eingerichtet, und ich ging davon aus, daß der Kommissar es zuerst auf dem normalen Anschluß probiert hatte. »Sein Zustand hat sich nicht verändert.«

»Es wäre auch schwer vorstellbar, daß solch eine Idee von ihm stammt.« Im stillen stimmte ich ihm zu. »Also, was bezwecken Sie mit diesem Artikel?«

»Wir dachten, so könnte man die Täter aus der Reserve locken.«

»Und dann? Was wollen Sie nun überhaupt tun? Das Haus observieren?«

»Ja, so ähnlich hatten wir uns das gedacht.« Endlich kroch Andy unter der Decke hervor, schaute auf den Wecker und verdrehte die Augen.

»So hatten Sie sich das gedacht? Ich denke, ich sollte Sie zu Ihrem eigenen Schutz verhaften lassen!« Damit beendete Hantzsche das Gespräch.

»Puh!« Ich fuhr mir mit den Fingern durch die verfilzten Haare und boxte Andreas auf die Schulter. »Das nächste Mal gehst du dran. Schließlich war das Ganze deine Idee.«

Die nächste Standpauke war jedoch für mich persönlich bestimmt. Wir hatten gerade darüber gesprochen, daß tatsächlich von nun an stets Andy ans Telefon gehen und sich am besten mit amerikanischem Tonfall melden müßte, als meine Ex-Chefin mich zu sprechen verlangte. Sie teilte mir mit, was sie davon hielt, daß ich die Zeitung, bei der ich noch nicht einmal mehr beschäftigt sei, für die »zweifelhaften Belange« meiner »zweifelhaften Bekannten« benutzte, und fragte, was ich mir bei diesem unjournalistischen Text gedacht hätte. Als ich noch nach einer Antwort suchte, knallte sie auch schon den Hörer auf.

Wir saßen uns am Frühstückstisch gegenüber. Ausnahmsweise schien auch Andy der Appetit vergangen zu sein, denn er schob nach einem Toast den Teller weg und schenkte sich nur eine zweite Tasse Kaffee ein. Nach Hantzsches Anruf hatten wir vergeblich noch einmal zu schlafen versucht, jetzt war es nach zehn, und wir überlegten, was wir weiter tun sollten.

»Auf jeden Fall blufft Hantzsche.« Andreas versuchte selbstsicher zu klingen. »Einfach einsperren kann er uns nicht.«

Ich zuckte die Achseln. »Keine Ahnung. Ich glaube, es gibt so was, für den Fall, daß Menschen sich selbst gefährden. Doch hat er damit nicht eigentlich zugegeben, daß die Möglichkeit besteht, daß Dale umgebracht werden sollte?«

Andy lehnte sich müde auf dem Küchensofa zurück. »Das wird mir jetzt zu philosophisch. Solange der nicht endlich was macht – und zwar nichts gegen uns, sondern was Sinnvolles –, ist mir das auch ziemlich egal.«

Schließlich versuchte ich es wieder unter der zentralen Nummer des Altersheims. Ich hatte Glück. Mark war am Apparat. Ich bedankte mich noch einmal für seine Hilfe und fragte, ob alles mit der Schlafwandlerin glatt gegangen sei. Er kicherte vor sich hin und erzählte voller Begeisterung, wie er die Frau bis in den Eingang zur Station im ersten Stock begleitet, sich dann aber blitzschnell verdrückt hatte.

»Die Nachtschwester durfte mich ja nicht sehen.«

»Klar. Da bin ich aber wirklich froh, daß du keinen Ärger mehr bekommen hast«, sagte ich und fragte, ob ich mich noch einmal für seine Hilfe erkenntlich zeigen könnte. Vielleicht, so dachte ich, würde er mir noch etwas erzählen, wenn wir uns in den kommenden Tagen treffen könnten.

»Aber du hast mir doch schon das Geld gegeben.« Das klang etwas zögernd, dann kicherte er allerdings wieder. »Obwohl – es gäbe da was echt Fettes. Hast du heute nachmittag Zeit?«

Ich brummelte Zustimmung.

»Dann hole ich dich um drei Uhr zum Kaffeetrinken ab.«

»Meine Tante hat Geburtstag«, erklärte Mark, als ich neben ihm in einem kleinen Fiat saß. »Und die ist so spießig, die schwimmt sogar in Milch. Der stelle ich dich jetzt als meine neue Freundin vor.«

»Was? Du spinnst ja wohl völlig!« Damit hatte ich nicht gerechnet, als er heute morgen so geheimnisvoll getan hatte. Andy hatte die ganze Aktion gleich abblasen wollen; auf jeden Fall sollte ich nicht alleine gehen, er bestand darauf, mitzukommen. Schließlich sagte ich klipp und klar, daß ich das Handy und eine Dose Reizgas mitnehmen, mich von Mark wieder bis vor die Tür bringen lassen würde und er ansonsten auf sich selbst aufpassen sollte. Schließlich hatten die Täter es auf einen Mann abgesehen.

Marks Kichern brachte mich wieder in die Gegenwart zurück.

»Das wird extrem cool. Keine Angst, wir brauchen nicht Rumknutschen oder so. Es reicht schon, daß du da bist.« Dabei schaute er mich mit einem schwer zu deutenden Blick an. Amüsiert? Anerkennend? Bewundernd?

Obwohl mich dabei auf verdrehte Art ein schlechtes Gewissen quälte, hatte ich die Gelegenheit genutzt, endlich wieder meinen Kleiderschrank zur Verfügung zu haben, und trug eine grüne rohseidene Bluse zu einer grob gewebten braunen Leinenhose. Neben Mark mit seiner schlabbernden Jeans und dem roten riesigen Sweatshirt kam ich mir wie jemand aus einer anderen Welt vor – was ich ja auch war.

Nach schier endloser Fahrt durch den Berufsverkehr erreichten wir Gorbitz. Marks Tante wohnte ganz in der Nähe von Wolfgang Paulus im Helbigsdorfer Weg, einer Seitenstraße zum Leutewitzer Ring. Voller Elan sprang Mark aus dem Auto, um mir die Tür zu öffnen.

Im zweiten Stock wartete bereits eine vielleicht 45-jährige Frau. Trotz des warmen Frühlingswetters trug sie einen Flauschpullover mit applizierten Katzen und eine braune Trevirahose. Ihre Haare waren perfekt in Form gelegt, und sie war eine Spur zu aufdringlich geschminkt.

»Mark! Also, wie siehst du bloß wieder aus?« Noch immer in der Tür stehend, reichte sie ihrem Neffen die Hand. »Oh, du hast jemand mitgebracht.« Die Überraschung wirkte nicht ganz echt, denn sie hatte mich auf dem ganzen Weg die Treppe hinauf angestarrt.

»Herzlichen Glückwunsch zum Geburtstag! Ja, ich wollte euch meine neue Freundin vorstellen«, sagte Mark, der dabei seine Turnschuhe von den Füßen kickte. »Das ist Kimberly.«

»Guten Tag – und herzlichen Glückwunsch zum Geburtstag«, sagte ich und gab der Tante die Hand, bevor ich mich bückte, um ebenfalls meine Schuhe auszuziehen.

»Danke. Ja, denn – deine Mutter ist schon da, Mark. Nicole, wußtest du, daß dein Sohn seine kleine Freundin mitbringt?« So, wie sie das betonte, war es eine glatte Beleidigung.

Wir gingen in das große Wohnzimmer, in dessen einer Ecke ein Kaffeetisch gedeckt war. Ein dicker, gemütlich wirkender Mann und eine Frau, die große Ähnlichkeit mit der Gastgeberin hatte, jedoch eine eher amüsierte Miene zur Schau trug, blickten uns entgegen.

»Nein, das ist für mich auch eine Überraschung.« Marks Mutter nickte mir freundlich zu.

Offensichtlich hatten sie extra auf uns gewartet, denn nun wurde der russische Zupfkuchen ausgeteilt, und alle begannen zu essen. Zwischen zwei Bissen fragte Marks Tante, woher wir uns kennen würden.

»Woher wohl? Aus dem Altersheim.« Mark gluckste vor sich hin. Ich erklärte, daß ich meinen Großonkel besucht hatte, der dort auf der Pflegestation lebte. Daraus entspann sich zum Glück ein Gespräch über das Leben im Alter.

»Solange man Geld hat, ist ja alles halb so schlimm«, meinte der Onkel. »Die alten Leute haben doch da alles, was sie brauchen.«

»Sind eigentlich viele dort alleinstehend?« fragte ich Mark. »Ich meine, wer Familie hat, will der ja vielleicht auch noch was zukommen lassen und nicht alles für den eigenen Lebensunterhalt ausgeben.«

Mark zuckte die Schultern. »Viel Besuch kriegt keiner, aber die ganzen Unterlagen hält ja der Kupfer höchstpersönlich unter Verschluß.« Er grinste mich vielsagend an.

»Auf den Stationen müssen sie doch Bescheid wissen, oder?« Ich vergaß die Familie ringsherum.

»Keine Ahnung, ist schon alles genau geregelt. Die von den Stationen müssen für jeden Scheiß« – seine Tante zog mißbilligend die Augenbrauen hoch – »zur Kellermann.«

»Zur Pflegedienstleiterin?«

»Nu.«

»Ein Stückchen Eierschecke?« unterbrach die Tante unser Zwiegespräch. Ich nickte, und sie reichte es mir zu. Ihren Mann, der ebenfalls den Teller hinhielt, fragte sie dagegen in einem solchen Ton, ob er nicht genug habe, daß er resigniert seufzte und sich seiner Kaffeetasse widmete. Marks Mutter fragte mich, was mein Großonkel denn früher gemacht habe.

»Ehrlich gesagt war er ein hohes Tier in der Partei«, improvisierte ich.

Natürlich folgte die Frage nach seinem Namen.

»Warten Sie mal!« Marks Mutter zog die Stirn in Falten. »Da gab es doch direkt nach der Wende diese Geschichte mit einem Funktionär Paulus. Hat der nicht LPG-Baugrund in der Zeit verkauft, als die meisten Besitzverhältnisse noch gar nicht geklärt waren?« Fragend blickte sie in die Runde.

»Ja, du hast recht, Nicole«, stimmte ihr Schwager ihr zu. »Er ist aber irgendwie aus dem allen wieder rausgekommen. Ist doch immer das gleiche, damals oder heute. Wer gewitzt ist und Beziehungen hat, den lassen sie laufen.«

Mark nahm seine Mutter mit zurück, und ich stellte ihm im Auto keine weiteren Fragen zu dem Seniorenheim. Wir hatten ohnehin Gorbitz kaum verlassen, als mein Handy klingelte. Es dauerte einige Augenblicke, bis ich es auf der engen Rückbank aus meiner Tasche gefischt und geöffnet hatte.

»Ja«, meldete ich mich, da ich nicht wußte, wen der Anrufer erwartete. Es war jedoch Andreas. Seine Stimme hörte sich gepreßt an, und er sprach so leise, daß ich ihn kaum verstand.

»Kirsten, Gott sei Dank. Geht's dir gut? Wo bist du?«

»Natürlich.« Mark blieb hinter etlichen anderen Autos an einer roten Ampel stehen. »Wir sind auf der Kesselsdorfer Straße. Bei dem Verkehr kann es noch eine halbe Stunde dauern, bis ich zurück bin.«

»Und du bist wirklich okay? Es ist nichts passiert?«

Langsam rollte der Fiat wieder an.

»Nein. Was soll denn passiert sein?« Im Innenspiegel sah ich Marks Augen, die mich neugierig musterten. »Bis gleich, mach's gut«, beendete ich das Gespräch und lächelte Mark an.

Bevor er mich in der Antonstraße aus dem Auto klettern ließ, sagte ich seiner Mutter auf Wiedersehen, die mich freundlich einlud, doch einmal bei ihnen vorbeizuschauen. Draußen zischte ich Mark zu, er solle ihr die Wahrheit sagen. Er grinste nur.

Nach einem raschen Blick in alle Richtungen durchquerte ich den Garten und schloß die Haustür auf. In dem Moment, in dem ich eintreten wollte, hörte ich eine Bewegung hinter mir. Ich setzte an, mich umzudrehen, da spürte ich aber auch schon eine Hand auf meiner linken Schulter, die mich so kräftig nach vorne schob, daß ich regelrecht in den Hausflur hineinstolperte. Währenddessen wandte ich mich um und erkannte Andreas, der sich gegen die Tür warf, den Schlüssel zweimal umdrehte und den Sicherheitsriegel vorlegte. Alles mit der linken Hand.

»Was ist denn los? Spinnst du?« Nach dem strahlenden

Sonnenschein draußen brauchten meine Augen etwas Zeit, sich an das wenige Licht zu gewöhnen. Zuerst studierte ich sein Gesicht, das wie versteinert wirkte, dann sah ich, daß er in der rechten Hand Dales Smith & Wesson hielt. »Bist du verrückt geworden? Leg sofort die Pistole weg! Was hast du da draußen gemacht?«

»Auf dich gewartet.« Er starrte mich an. »Warum bist du nie ans Handy gegangen? Ich hab die ganze Zeit versucht, dich anzurufen.«

Noch immer hielt er die Waffe in der Hand. Ich wollte sie ihm abnehmen, er reagierte jedoch nicht.

»Ich hatte meine Tasche im Flur liegenlassen, da hab ich es wohl nicht gehört.« Auf einmal war mir kalt. Ich umfaßte meine bloßen Arme. »Warum hast du versucht anzurufen? Was ist passiert? Ist was mit Dale? Nun sag schon: Was ist los?«

»Nein, nichts, wahrscheinlich gar nichts.« Sein Lächeln fiel erbärmlich aus.

Es war viel dunkler als sonst, fiel mir jetzt auf. Ich warf einen Blick durch die offenstehende Bürotür und sah, daß die Fensterläden bis auf einen Spalt geschlossen waren. Ich schnupperte. »Du hast geraucht.«

»Ja. Ich hab mich ein bißchen verrückt gemacht.«

»Gib mir jetzt die Pistole, Andreas.« Zweifelnd schaute er mich an, reichte mir aber endlich die Waffe. Ich kontrollierte die Sicherung und brachte sie zurück ins Büro. Wahrscheinlich war sie ohnehin nicht geladen gewesen, da Dale die Munition immer entfernte, bevor er sie in die Schreibtischschublade legte, wo auch ich sie jetzt wieder verstaute. Ich nahm mir nicht die Zeit, das zu kontrollieren. Andy, der mir gefolgt war, setzte an, etwas zu sagen, verstummte dann aber.

»Komm, laß uns in die Küche gehen«, sagte ich so

locker wie möglich. Noch immer konnte ich es nur schwer ertragen, mich in diesem Raum aufzuhalten.

In der Küche waren die Läden absolut dicht. Ich schaltete das Deckenlicht ein: »Verdammt, Andy, war jemand hier?«

Er grinste schwach. »Du lachst mich bloß aus, wenn ich es erzähle. Ich hab zuerst ein bißchen herumtelefoniert – in den Städten, die noch in Dales Aufzeichnungen vorkamen. Ich wollte herausfinden, ob die bestohlenen Händler dort ähnlich organisiert sind wie hier in Dresden.« Er knetete seine Finger.

»Ja, und?«

»Sind sie tatsächlich. Es gibt überall eine Werbegemeinschaft oder einen Einkaufsverbund und in vier von fünf Fällen auch ein gemeinsames Lager.«

Ich dachte nach. »Das könnte wirklich ein Ansatzpunkt sein. Hast du dich da noch umgehört?«

Er schüttelte den Kopf. »Ich wußte erst mal nicht weiter und habe den Fernseher eingeschaltet. Manchmal kann ich dabei ganz gut nachdenken.«

Wieder verstummte er. Ich wurde langsam ungeduldig. »Ja, und?«

»Da kam ein Beitrag über die Russenmafia. Darin hieß es, daß die hier im Osten neuerdings auch bei den Discountläden ihre Finger mit drin hätten. Es gäbe Gerüchte über einen großangelegten Coup in Sachsen.«

Ich brauchte einen Moment, bis ich begriff. »Du meinst, das ist unsere Geschichte hier?« Andy nickte bloß. Zum Lachen fand ich das nicht gerade. Die Brutalität dieser Mafia war schließlich allgemein bekannt.

»Deshalb legst du dich mit der Waffe im Garten auf die Lauer?«

Andreas holte tief Luft, betrachtete mit düsterem Blick

seine Hände und atmete wieder aus. »Wenn die Mafia dahinter steckt …«

Das war mir doch alles ein bißchen zu wirr. Wahrscheinlich hatte Andy sich nur in etwas hineingesteigert. Nach der letzten Woche konnten seine Nerven schließlich auch nicht mehr die besten sein. Vielleicht war nun ein wenig Ablenkung angesagt.

»Das Kaffeetrinken war wirklich lustig«, sagte ich und ging zum Fenster, um die Läden zu öffnen. »Und der Kuchen lecker. Ich hätte dir ja gerne was mitgebracht, aber nachdem Mark mich als seine Freundin vorgestellt hatte …«

»Ich will ja sowieso abnehmen«, entgegnete Andy, ohne auf den letzten Teil meines Satzes einzugehen.

In diesem Moment klingelte es an der Tür. Seine Gesichtszüge wurden starr, er deutete mit der Hand in den Flur, und so leise wie möglich schoben wir uns aus der Küche. Ein zweites Mal ertönte das Klingeln, dann wurde der Briefschlitz angehoben. Wir drückten uns an die Wand und standen so mit angehaltenem Atem, bis er klappernd wieder herunterfiel. Ich überlegte, ob der Besucher wohl um das Haus herumging, und machte einen vorsichtigen Schritt in Richtung Küche. Andy wollte mich festhalten, ich schüttelte jedoch seine Hand ab, duckte mich und lief bis ans Fenster. Zu sehen war nichts. Ich kehrte zu Andreas zurück.

»Das war nicht das erste Mal, stimmt's?«

Er nickte. »Das dritte. Laß uns lieber wieder die Läden zumachen.«

»Und was ist mit deiner Theorie, daß wir den, der hierher kommt, identifizieren können? So klappt das nicht!«

»Da wußte ich ja noch nicht, daß wir es mit der Russenmafia zu tun haben.« Ohne eine Antwort abzuwarten, ging er in die Küche, öffnete das Fenster, blickte einmal kurz hinaus und schloß dann schnell Läden und Fenster. »Unter diesen Umständen sollten wir das Ganze abbrechen.« Er drehte sich um und lehnte im Halbdunkel an der Fensterbank.

»Andreas, was ist los mit dir? Das war doch nicht bloß ein Fernsehbeitrag und das Klingeln an der Tür.« Ich schaltete die Deckenbeleuchtung ein.

»Du willst bestimmt nichts essen, wenn du Kuchen hattest, oder?« Er ging zum Kühlschrank und begann den Tisch zu decken.

»Ich will wissen, was du mir verheimlichst. Solange du es mir nicht sagst, werde ich auf jeden Fall weitermachen. Und zwar als erstes damit, hier die Läden wieder zu öffnen.«

»Nicht.« Als ich an ihm vorbeiging, faßte er so fest nach meinem Arm, daß es weh tat. »Okay, vermißt du das?« Er hielt mir ein dunkelgrünes Samthaarband mit kleinen Bronzeplättchen entgegen.

»Das hab ich ewig nicht mehr getragen. Wo hast du das her?«

»Es wurde durch den Briefschlitz gesteckt. Um den Zettel hier gewickelt.«

Wenn Sie Ihre hübsche Freundin weiter für sich herumschnüffeln lassen werden Sie es bereuen. Wir können ihr die Haare und mehr abschneiden. Also halten Sie den Mund und mischen sich nicht weiter in unsere Angelegenheiten, stand in großen Blockbuchstaben auf einem einfachen karierten Blatt.

Ich schluckte, versuchte jedoch, cool zu bleiben. »Damit müssen wir zur Polizei. Vielleicht können die noch Fingerabdrücke feststellen oder woher das Blatt kommt. Oder irgendwas mit den Buchstaben anfangen. Da fehlt zum Beispiel ein Komma. Das Haarband muß mir aus der Hosentasche gerutscht sein.« Unwillkürlich fuhr ich mit der freien Hand in die Tasche. »Vielleicht sind darauf ja Abdrücke.«

»Kirsten, vergiß es, bitte. Laß uns morgen früh wieder in unsere Wohnung ziehen und einfach hoffen, daß Dale bald aufwacht.«

»Also, zu Hantzsche gehe ich damit auf jeden Fall. Ich lasse mir doch nicht drohen und unternehme dann nichts.« Vorsichtig legte ich Blatt und Haarband auf den Tisch. »Kam das vor oder nach dem ersten Klingeln?«

»Davor. Wann genau, weiß ich nicht. Ich habe es erst gesehen, als ich an die Tür gegangen bin. Da habe ich ja auch noch geöffnet, es war aber niemand zu sehen. Und als du dann nicht ans Telefon gegangen bist, dachte ich, die haben dich und ...« Seine Stimme erstarb.

»Wahrscheinlich hat uns jemand beobachtet, wie wir uns an der Haustür verabschiedet haben, und hat dich für Dale gehalten.« Ich stand förmlich neben mir, nur bestrebt, das Geschehene logisch herzuleiten.

»Meinst du, man kann mich mit Dale verwechseln? Schon alleine die Haarfarbe ...«

»Da standst ja im dunklen Flur. Die Größe stimmt in etwa, und man sieht doch immer das, was man erwartet. Ich habe dir noch einen Kuß gegeben, damit war klar, daß ich zu dem männlichen Bewohner gehöre.«

Andy nickte, er wirkte nun etwas ruhiger. »Und sie denken, daß du als die Freundin des Detektivs jetzt für ihn ermitteltst. Aber dann ist es keiner von denen, denen wir auf den Zahn gefühlt haben. Die wissen von mir. Und warum zuerst ein anonymer Zettel und dann das Klingeln an der Tür?«

»Keine Ahnung.« Ich fuhr mir mit den Händen durch

die Haare und spürte, wie nun doch die Angst in mir hochkroch. Sie waren mir so nah gewesen, daß sie das Haarband nehmen konnten. Eine irgendwie fast höfliche Drohung. »Das Klingeln kann ja auch jemand ganz anderes sein. Oder aber die wollen uns verrückt machen, was sie ja bei dir auch schon geschafft haben.«

Andy blickte auf den Boden.

»Man könnte die Nachbarn fragen, ob sie jemanden gesehen haben.« Gleichzeitig war mir klar, wie wenig Aussicht auf Erfolg das hätte. Das rechte Nachbargrundstück stand zum Verkauf, und das daneben gehörte den Dresdner Verkehrsbetrieben, die dort eine Car Sharing-Station unterhielten – wo fremde Menschen also die Regel waren. Auf der linken Seite grenzte der Turnerweg an Dales Garten. Von gegenüber schließlich würde durch den starken Verkehr kaum jemand etwas mitbekommen haben. Ich starrte auf das dunkle Samtband. Trotzdem – wir durften uns nicht verrückt machen lassen.

7. Kapitel

Die Nacht wurde grauenhaft. Irgendwann hatte auch mich die Angst fest im Griff, obwohl es nicht mehr an der Tür klingelte und auch sonst nichts Ungewöhnliches passierte. Dennoch lauschten wir auf jedes Geräusch und trauten uns kaum, Licht, geschweige denn Musik oder Fernsehen anzuschalten. Nachdem Andy ein Brot gegessen hatte, kochte ich Kakao und schlug vor, zur Ablenkung ein wenig Scrabble zu spielen. Die Partie wurde zur Bankrotterklärung für uns beide. Zwei Journalisten, denen kaum andere Wörter als »Haus«, »Auto« oder auch »Tod« einfielen.

Gegen dreiundzwanzig Uhr verriegelten wir alle Fenster und Türen noch einmal sorgfältig und gingen ins Bett. Nebeneinander lagen wir dort und gaben vor, ganz ruhig zu sein. Es war heiß und stickig, auch hier im ersten Stock hielten wir die Fenster geschlossen. Ich hatte das Gefühl, kaum atmen zu können. Schließlich stürzten wir uns wie auf ein unhörbares Kommando hin aufeinander und entluden unsere Emotionen in schnellem, hartem, fast lautlosem Sex.

»Machen Sie auf, Frau Bertram. Ich weiß, daß Sie da sind, ich habe Sie hineingehen sehen.«

Das war Hantzsches Stimme. Irritiert blickte ich Andy an. Wir wollten gerade mit dem Frühstück beginnen; auf dem Tisch lagen die Brötchen, die ich geholt hatte, um mir selbst zu beweisen, daß ich mich nicht einschüchtern ließ. Er zuckte die Achseln, und ich ging zur Tür. Bevor ich öffnete, legte ich allerdings wieder den Sicherheitsriegel vor und vergewisserte mich, daß es wirklich der Kommissar war.

Mit einem mißbilligenden Ausdruck betrat er die kleine Eingangshalle.

»Ich war mir doch schon gestern sicher, daß Sie hier sind. Aber nachdem sich auf mein Klingeln nichts gerührt hat ...«

Ungefragt ging er voran in die Küche, wo er Andreas betont freundlich begrüßte. »Ich bin natürlich davon ausgegangen, daß Sie öffnen würden, wenn Sie da wären. Warum auch nicht?«

»Ich war gestern nachmittag nicht hier«, erwiderte ich, wobei ich es vermied, Andy anzusehen. »Möchten Sie vielleicht mit uns frühstücken?« Ich hatte nicht erwartet, daß Hantzsche das Angebot annehmen würde, er nickte jedoch.

»Gerne.«

Nachdem ich ihm einen Teller und eine Tasse hingestellt hatte, fuhr er in leichtem Plauderton fort: »Sie müssen hier raus. Und zwar sofort.«

»Ich bin noch immer hier gemeldet, Herr Hantzsche«, sagte ich.

»Und wenn Sie im Buckingham Palast gemeldet wären. Wenn Gefahr in Verzug ist, müssen Sie verschwinden.«

»Ist es tatsächlich die Russenmafia?« fragte Andy.

In aller Ruhe biß der Kommissar zuerst in die Brötchenhälfte, die er dick mit Schinken belegt hatte, dann wandte er sich Andreas zu. »Wie kommen Sie darauf?« Er trank einen Schluck Kaffee und fuhr dann fort: »Auf was haben Sie sich eingelassen?«

»Auf gar nichts. Es ist nur, weil Sie jetzt sagen ...« Andy war viel zu verwirrt, um dem Kommissar mit seinem üblichen Selbstbewußtsein gegenüberzutreten.

»Ich sage nur, daß Sie hier raus müssen. Sie haben einen seltsamen Artikel in der Zeitung plaziert, und dann verbarrikadieren Sie sich hier. Das kann ich nicht zulassen.«

»Also gehen Sie jetzt auch davon aus, daß Dale – Herr Ingram – umgebracht werden sollte?« forschte ich nach.

»Ich gehe nur davon aus, daß Sie sich unnötig in Gefahr begeben.«

»Was meinen Sie dazu?« Andy war absolut dagegen gewesen, dem Kommissar den Zettel zu zeigen. Seiner Meinung nach stand in der Drohung die Forderung »keine Polizei« zwischen den Zeilen; deshalb fand er, es wäre das beste, den Kopf in den Sand zu stecken und so zu tun, als hätten wir niemals etwas mit der Geschichte zu tun gehabt. Ich wollte jedoch wenigstens versuchen, Hantzsche zu mobilisieren. Ich reichte ihm den anonymen Schrieb. Auf dem Blatt lag das Haarband.

Der Kommissar zog die Augenbrauen hoch, schob sich jedoch zuerst den Rest seines Brötchens in den Mund, dann schüttelte er das Band sanft herunter, las und fragte nach, wie wir an den Zettel gekommen seien.

»Das gebe ich gleich ins Labor und den Brief an einen Graphologen. Die können manchmal die erstaunlichsten Sachverhalte ermitteln. Und Sie erzählen jetzt mal ganz der Reihe nach, wen Sie so alles in der letzten Woche belegt haben.«

»Niemanden«, sagte Andreas schnell.

Der Kommissar sah mich an. Ich holte einmal tief Luft und berichtete von unserem Besuch bei Ria Meyerhof und beim »Cityring« sowie von dem Verdacht, daß das Seniorenheim »Kamelie« nicht ordnungsgemäß Betreuungen einrichtete.

»Na, das ist doch schon einiges.«

Jedenfalls mehr, als Sie gemacht haben, dachte ich.

»Guddi, darum werde ich mich dann kümmern. Und Sie wollen immer noch hier bleiben?«

Andreas schüttelte den Kopf. »Nein. Wir wollten sowieso nach dem Frühstück verschwinden.«

»Ihre neue Adresse hat hoffentlich niemand?«

»Doch. Ria Meyerhof und die Sekretärin vom ›Cityring‹ haben meine Karte.« Andy klang kleinlaut.

Hantzsche verzog das Gesicht, als hätte er Zahnschmerzen. »Mußte das sein? Dann melden Sie sich bitte täglich einmal bei mir, damit wir wissen, daß Sie noch unter den Lebenden weilen.«

»Hier, sieh mal.« Andreas kam mit einem Fax in die Küche. »Das könnten wir gut zusammen machen.«

Ein ehemaliger Kollege aus dem überregionalen Feuilleton des Tageskuriers fragte an, ob Andy einen Artikel zum Stand des Wiederaufbaus der Frauenkirche machen könnte. Angehängt war eine dpa-Meldung, der zufolge demnächst aus dem englischen Coventry ein handgearbeiteter Altarschmuck gespendet werden sollte.

»Meinetwegen.« Ich zuckte die Achseln. »Aber wenn wir anfangen, uns solche Honorare zu teilen, können wir gleich zum Sozialamt gehen.«

»Wenn du was anderes zu tun hast, um so besser.«

»Ich gehe gleich ins Krankenhaus«, wich ich aus.

Andy nickte, wartete ab. Er kannte mich gut. Ich drehte das schwere Nudelglas, das ich aus der vorerst letzten Umzugskiste geholt hatte, in den Händen herum. »Und dann will ich noch mal ins Altersheim.«

»Kirsten!« Seine grünen Augen schauten mich beschwörend an. »Hantzsche hat gesagt, daß er sich darum kümmert und daß wir die Finger von beiden Geschichten lassen sollen – und ausnahmsweise stimme ich ihm zu.

Wer weiß, vielleicht bin ich mit der Russenmafia auf dem falschen Dampfer und die Drohung kam doch aus dem Altenheim.«

»Kannst du dir den distinguierten Herrn Kupfer vorstellen, wie er auf billigem Papier Drohungen mit Kommafehler verfaßt? Ich nicht.« Da ich nicht wußte, wohin mit dem Glas, stellte ich es auf die Arbeitsplatte.

»Trotzdem, laß es, bitte!« Er stand vor der offenen Tür, als wollte er mir den Durchgang versperren.

»Sag mal, spielen wir hier Rollentausch, oder was? Du wolltest, daß ich was mache. Wer weiß, wann Hantzsche sich bequemt, in der ›Kamelie‹ nachzuforschen, und wie er dort auftritt. Da kann ich als Großnichte doch viel besser etwas herausfinden. Außerdem sind die krummen Geschäfte der Herrschaften auf jeden Fall noch für einen Artikel gut – dein Argument bei der ›Cityring‹-Geschichte.«

»Da hatte dir auch noch niemand gedroht.« Andy stemmte seine Fäuste in die Hüften. »Wenn du dich für die üblichen Honorare in Gefahr begeben willst, dann solltest du wirklich lieber zum Sozialamt gehen.«

»Jetzt hör auf! Ich bin schon vorsichtig.« Ich schob ihn zur Seite, kramte aus meiner im Flur stehenden Reisetasche einen leichten Blazer hervor und sah mich nach dazu passenden Schuhen um.

Der immer gleiche Anblick von Dale an all diesen Schläuchen war schwer zu ertragen. Zum ersten Mal wußte ich noch nicht einmal mehr, was ich sagen sollte. Dale würde genauso reagieren wie Andreas, wenn er wüßte, daß ich auf eigene Faust weiterschnüffeln wollte. Er hatte immer Angst um mich gehabt.

»Ach, aber verdammt, Dale. Wenn du, wenn wir …« Ich strich ihm leicht über den bleichen Unterarm und spürte, wie mir die Tränen über die Wangen liefen. Ich wollte, daß er mich in seine Arme nahm, ganz fest, wollte ihn spüren, seine Stimme hören …

Am glücklichsten waren wir gewesen, nachdem ein dankbarer Klient ihm das Haus hier in Dresden vermacht hatte. Schon in dem halben Jahr, das ich noch in Erfurt verbrachte und wir uns nur am Wochenende sahen, war das Zusammengehörigkeitsgefühl stärker denn je gewesen. Als ich dann zu ihm zog, fühlte ich mich endgültig zu Hause. Das war Dale gewesen für mich, all die Jahre: mein Zuhause, in das Andreas einfach wieder hinein geplatzt war. In das ich ihn hatte hineinplatzen lassen.

Nun jedoch gab es eine viel schlimmere Bedrohung. Jemand trachtete Dale nach dem Leben und schloß mich kurzerhand mit ein.

Ich hatte Angst, furchtbare Angst – um Dale und um mich. Deshalb mußte ich auch etwas unternehmen. Auf keinen Fall konnte ich zur Tagesordnung übergehen und normal arbeiten, wie Andy es anscheinend für möglich hielt. An dessen Russenmafia-Theorie zweifelte ich ohnehin. Hätten die Dale nicht einfach erschossen? Und mich dann gleich auch? Bei dem Gedanken krampfte sich wieder mein Magen zusammen, und ich flüchtete mich in Flapsigkeit.

»Was meinst du, Dale? Die Russen hätten sich doch nicht so eine umständliche Methode ausgesucht, oder?«

Wenn er darauf antworten könnte, wäre ich schon ein ganzes Stück weiter. Aber eigentlich wußte ich ja, was er sagen würde. Er würde mich warnen, mich zumindest nach allen Seiten abzusichern, wenn ich schon weiter herumschnüffeln wollte. Dann würde ich also Uta Paulus anrufen und ihr raten, Einsicht in die Unterlagen ihres Schwiegervaters zu verlangen und eventuell doch Anzeige wegen Betrugsverdachts – falls es so etwas gab – zu erstatten. Außerdem müßte ich dringend mehr über die anderen Bewohner der »Kamelie« erfahren.

»Hey!« Mark grinste mich begeistert an. »Bist du gestern gleich wieder los? Ich habe nur meine alte Dame zu Hause abgesetzt und bin zu dem Haus von deinem Bekannten zurückgefahren, aber es hat keiner aufgemacht. Ich wollte dich als Entschädigung für den Familienterror ins Kino einladen.«

Ich bemühte mich, mir meine Erleichterung nicht anmerken zu lassen. Zwei Besucher waren identifiziert, und ein ungeklärtes Klingeln konnte es schließlich immer geben. Blieb der Zettel mit der Drohung. Und das Haarband. Schnell schob ich den Gedanken beiseite, lächelte ebenfalls und erklärte, ich sei einkaufen gewesen.

»Hast du denn deiner Mutter die Wahrheit gesagt?«

»Nu klar. Sie fand's dann auch cool. Aber sag mal«, er brach ab und wandte sich der netten Pflegerin zu, die mich am Montag mit »meinem Großonkel« bekannt gemacht hatte. »Ja, Frau Kellermann?«

Sie nickte mir zu und gab Mark dann leise einige Anweisungen. Als sie wieder gegangen war, verzog er das Gesicht. »Immer wieder was Neues. Ich dachte, ich könnte früher Schluß machen, aber nun will der Kupfer noch die Telefonabrechung für den letzten Monat.«

»Wieso hast du die?«

Er zuckte die Schultern. »Wahrscheinlich weil hier die Telefonzentrale ist. Ist sowieso ein schräges System. Die alten Herrschaften haben keinen eigenen Anschluß. Es geht alles hierüber.« Er wies auf die Anlage vor ihm. »Einmal im Monat muß ich alles auseinander puzzeln. Arbeit für Doofe.«

Ich nickte und überlegte fieberhaft, wie ich an die Rechnung kommen könnte. »Soll ich dir helfen?«

»Schön wär's, aber ich glaube nicht, daß das der Kellermann gefallen würde. Besuch du mal deinen Onkel, vielleicht können wir danach noch einen Kaffee trinken irgendwo. So um Viertel vier müßte ich mit dem Kram fertig sein.«

Was wollte der Junge von mir? Aber darum konnte ich mich jetzt nicht kümmern. Ich stimmte zu und stieg in den Aufzug, drückte jedoch nicht die »3«, sondern die »1«. Auf der Station für die Nicht-Pflegebedürftigen war kein Mensch zu sehen. Bei dem schönen Wetter gingen vermutlich alle im Großen Garten spazieren. An der Wand hing ein Haustelefon. Ich hob ab und wählte die »0«, in der Hoffnung, daß ich so in der Zentrale landen würde. Tatsächlich meldete Mark sich nach dem zweiten Klingeln. Ich sprach ganz flach und nuschelte dabei.

»Herr Eichert, ich soll Ihnen von Frau Kellermann ausrichten, Sie möchten die Telefonabrechnung bitte einmal fotokopieren, bevor Sie sie abgeben. Sie holt sie dann bei Ihnen ab.«

Mark grummelte vor sich hin, und ich legte auf, stieg die zwei Treppen hoch und öffnete die Tür zur Pflegestation. Wieder ertönte das Glöckchen, wieder kam eine Pflegerin heran und fragte, ob sie mir helfen könne. Ich lehnte freundlich ab und sagte, ich gehöre zu Herrn Paulus. Mittlerweile schien es sich herumgesprochen zu haben, daß Angehörige des alten Herrn aufgetaucht waren, denn sie fragte nicht nach, sondern ging gleich mit mir in den Aufenthaltsraum, wo die Alten genauso dasaßen wie am Sonntag. Aus meiner Tasche zog ich die Pralinenschachtel, die ich unterwegs gekauft hatte, und hielt sie Herrn Paulus hin. Er zeigte keine Reaktion.

»Da dürfen Sie sich nichts draus machen«, sagte die Pflegerin. Sie war Mitte Zwanzig und hatte ein hübsches Gesicht, schleppte aber mindestens dreißig Kilo zu viel mit sich herum. »Es gibt Tage, da reagiert er überhaupt nicht.«

»Wie soll er auch jetzt auf einmal begreifen, daß er noch Verwandte hat?« fragte ich. »Bei den anderen ist das bestimmt einfacher. Die bekommen ja sicher mehr Besuch, oder?«

Entschieden schüttelte sie den Kopf. »Nein. Wenn sie erst einmal hier gelandet sind, macht jeder Besuch sich rar.«

»Aber zu denjenigen, die noch Familie haben, kommt doch bestimmt jemand«, beharrte ich.

Sie strich über ihre breiten Oberschenkel. »Die Familie lebt meistens nicht in der Gegend. Viele von unseren Herrschaften sind nach der Wende allein in die alte Heimat zurückgekehrt.«

Um als wirkliche »Herrschaften« ihren Lebensabend in perfekt feudaler Umgebung zu verbringen, dachte ich. Ironie des Schicksals, daß zumindest diejenigen auf dieser Station davon nun kaum noch etwas mitbekommen dürften.

»Ach so. Und die haben sich ihr Leben hier dann alleine eingerichtet und auch rechtzeitig dafür gesorgt, daß alles geregelt ist, wenn sie pflegebedürftig werden.«

»Nu.« Die Pflegerin nickte.

»Wo kommen die alten Menschen denn so her?«

»Ach, aus ganz Deutschland. Unsere Frau Thenior hier hat zum Beispiel fast ihr ganzes Leben in Ihrer Heimat gelebt. Sie stammen doch aus Freiburg, nicht wahr?«

»Ja.«

Nachdem die Pflegerin mich mit den alten Leuten alleine gelassen hatte, saß ich eine Zeitlang neben Herrn

Paulus auf dem Hocker, den die Schwester aus einer Ecke geholt hatte, hielt den Schein aufrecht und plapperte vor mich hin. Daß der alte Herr nicht reagierte, machte es nicht einfacher. Verbissen drängte ich den Gedanken an Dale zurück, sobald sein Bild vor meinen Augen auftauchte, sagte mir wieder und wieder, daß er aus dem Koma erwachen und völlig genesen würde.

Ich wartete bis halb vier, um sicherzugehen, daß Mark seine Arbeit abgeschlossen und die Rechnung fotokopiert hatte, dann ging ich über die Treppe in den ersten Stock. Zwei alte Damen standen vor dem Aufzug, daher drehte ich noch eine Runde auf dem Flur, bis sie verschwunden waren, dann rief ich über das Wandtelefon wieder die »0« an. Mit der gleichen Nuschel-Stimme wie vorhin bat ich Mark, am Hintereingang eine Lieferung in Empfang zu nehmen. Jetzt reagierte er richtig ärgerlich, ich setzte jedoch darauf, daß er zumindest nachschauen würde und lief die Treppe ins Erdgeschoß hinunter. Tatsächlich war er verschwunden. Ich stürzte an seinen Arbeitsplatz, beugte mich über die Theke und sah die Kopien mit dem Aufkleber »Frau Kellermann«. Gerade, als ich sie in meine Tasche gestopft hatte, tauchte die Pflegedienstleiterin von hinten auf.

»Nanu, Herr Eichert ist nicht am Platz?«

»Ich glaube, er wurde gerade weggerufen.«

Sie fragte, ob sie mir helfen könne, da erschien Mark auch schon, sichtlich genervt.

»Nein, vielen Dank. Ich wollte Herrn Eichert noch etwas Privates fragen.« Mit meinem gewinnendsten Lächeln strahlte ich ihn an und hoffte inständig, daß er der Pflegedienstleiterin nun nicht die Kopien aushändigen wollte. Er war jedoch noch mit der nicht vorhandenen Lieferung beschäftigt.

»Blöde Gags.«

»Was?« Frau Kellermann sah ihn irritiert an. »Sie denken daran, das Telefon umzustellen, wenn Sie Feierabend machen, Herr Eichert?«

Brummelnd nickte Mark, und kurz darauf standen wir auf der sonnigen Straße.

Ob das den Aufwand wert gewesen war? Nachdem ich mich so schnell wie möglich von Mark verabschiedet hatte, saß ich an Andys Schreibtisch vor den Kopien und versuchte, irgend etwas Auffälliges auszumachen. Da ich nicht wußte, was ich eigentlich suchte, keine leichte Aufgabe. Herr Kupfer hatte ab dem 24. März fast täglich mit jemandem im Amtsgericht gesprochen – außer Frau Militzkes tauchten noch drei weitere Apparate auf. Die anderen Nummern, die vom Büroanschluß aus gewählt worden waren, sagten mir nichts. Mir würde nichts anderes übrigbleiben, als sie auszuprobieren. Ich seufzte und rief zunächst Ines an, um sie zu fragen, ob sie mir noch einmal einen Gefallen tun würde.

»Ich lade dich demnächst auch mal zu meiner berühmten Spinat-Lasagne ein.«

»Was hast du denn schon wieder?«

»Ich bräuchte alles, was das Archiv über einen gewissen Paulus hergibt.«

»Vorname?«

»Habe ich nicht. Ist aber schon über achtzig.«

»Was soll mir das helfen? Hast du in einer Woche schon deinen Job verlernt?«

»Nein, aber das ist eine schwierige Geschichte. Eventuell war er zum Ende der DDR Parteifunktionär und hat in der Wendezeit krumme Geschäfte gemacht.«

»Nu ja, könnte immer noch fast jeder sein. Wann kriege ich die Lasagne?«

»Du bist ein Schatz. Nächstes Wochenende? Und du faxt mir, was du findest?«

Als ich aufgelegt hatte, wurde die Wohnungstür aufgeschlossen. Ich ging in die Küche, wo Andreas gerade die Kaffeemaschine in Gang setzte. Nach kurzem Zögern begann ich: »Wir müßten wissen, bei wem noch eine Betreuung bestehen sollte, es aber keine gibt.«

Andy nickte abwartend.

»Nachdem du der Pressesprecherin vom Gericht schon erzählt hast, daß du einen Artikel über alte Menschen in Sachsen schreibst, könntest du sie doch noch nach ein paar Statistiken fragen – also wie viele Leute in welchen Heimen eine Betreuung haben.«

»Schon mal was von Datenschutz gehört? Wenn es solche Statistiken gibt, sind die garantiert nicht öffentlich.« Er wirkte müde, schaute mich skeptisch an. »Was hast du denn jetzt vor, Kirsten?«

»So genau weiß ich das selber nicht.« Ich stellte Tassen auf den Tisch und holte eine Packung Kekse aus dem Schrank. »Herausfinden, was da falsch läuft. Es könnte übrigens auch sein, daß die Vergangenheit von dem alten Paulus eine Rolle spielt. Ines schaut für mich im Archiv nach, aber das dauert bestimmt bis morgen.«

Andreas schüttelte den Kopf. »Womit soll das jetzt was zu tun haben? So langsam siehst du weiße Mäuse.«

Ich lächelte ihn an. »Dabei ist das doch dein Spezialgebiet. Ich weiß auch nicht, ob irgendwer ihn in der Hand hatte oder so ...« Er goß uns beiden Kaffee ein, ich öffnete die Kekspackung und schob sie zu ihm hinüber. »Und wenn du es doch mal am Gericht versuchst? Du hast schon mit der Frau gesprochen, es würde doch auffallen, wenn sich auf einmal zwei Journalisten hintereinander nach diesen Betreuungen erkundigen.«

Mit einer entschlossenen Bewegung schob er die Kekse zurück. »Jetzt versuch nicht, mich mit Plätzchen zu bestechen. Ich probiere es, wenn du mir versprichst, dann erst mal Ruhe zu geben.«

Ich antwortete nicht, sondern holte gleich das Telefon aus dem Arbeitszimmer. Tatsächlich schien die Pressesprecherin noch im Haus zu sein. Andy setzte seine gewohnte Überzeugungskraft ein, um die Zahlen zu bekommen, war jedoch nur teilweise erfolgreich.

»Es gibt Statistiken, wie viele Menschen in welchen Häusern eine Betreuung haben, und auch, wie viele insgesamt in Dresden von Verwandten und wie viele von Fremden betreut werden. Beides bekomme ich auch gleich morgen früh. Eine genauere Aufschlüsselung existiert aber nicht«, berichtete er.

»Die geben sie bloß nicht raus. Hättest du nicht ein bißchen mehr bohren können?«

»Nein, hätte ich nicht. So, ich setze mich jetzt auf den Balkon und lese mich in die Thematik der Frauenkirche ein. Und denk dran, daß du mir versprochen hast, nichts weiter zu unternehmen.« Er nahm seinen Rucksack vom Küchenstuhl und ging ins Wohnzimmer.

Unwillkürlich seufzte ich. Eigentlich müßte ich mich auch mit der Frage zukünftiger Honorare beschäftigen. Mein April-Gehalt würde gerade ausreichen, den Überziehungskredit zu tilgen: Die letzten Monate mit dem Kuba-Urlaub, dem über dreiwöchigen Aufenthalt in der Pension und etlichen Neuanschaffungen für die Wohnung – von unseren ständigen Restaurantbesuchen gar nicht zu reden – hatten mich ziemlich ruiniert. Irgendwann mußte ich auch noch einen Wagen mieten, um meine Sachen aus der Antonstraße zu holen, woran ich jetzt überhaupt nicht denken mochte.

Schließlich war aber ein Betrug im Altersheim eine Geschichte, die ich garantiert gut verkaufen konnte. Also ging ich zurück ins Arbeitszimmer und nahm mir noch einmal die Telefonrechnungen vor. Für vierunddreißig Bewohner hatte Mark die Telefonkosten errechnet, teilweise sehr geringe, teilweise enorme Beträge. Ich seufzte. Wer völlig verwirrt war, telefonierte wahrscheinlich nicht mehr. Was hatte Mark gesagt? Fünfzig Menschen lebten dort. Verdammt, man müßte doch irgendwie dahinterkommen können, wer noch Angehörige hatte, wer normale Kontakte pflegte und wer nicht mehr dazu in der Lage war – also eine Betreuung brauchte, aber vielleicht keine hatte. Welche Namen kannte ich? Breitschneider und Thenior. Beide tauchten in der Abrechnung nicht auf.

Ich loggte mich ins Internet ein und rief das Telefonbuch von Freiburg auf. Ein Thenior ohne »h«, zwei mit. Ich notierte die Nummern, fuhr den Rechner herunter und griff zum Telefon. Bei der ersten Nummer meldete sich niemand, bei der zweiten ein Anrufbeantworter, bei der dritten hatte ich Glück. Ein anscheinend älterer Mann war am anderen Ende. Ich entschuldigte mich für die Störung, stellte mich als Angehörige eines Dresdner Heimbewohners vor und fragte nach, ob es richtig sei, daß eine Verwandte von ihm ebenfalls in der »Seniorenresidenz Kamelie« lebe. Der Mann reagierte erschrocken.

»Ja, meine Schwägerin. Ist etwas passiert?«

»Nein, nein«, beschwichtigte ich ihn. »Ich würde mich bloß gerne mit Ihnen über das Heim unterhalten. Ich war dort jetzt das erste Mal zu Besuch und bin etwas verunsichert.« Der Mann reagierte nicht auf meine Vorlage. Aus den Augenwinkeln sah ich, daß Andreas in den Raum gekommen war. Ich fuhr fort: »Mein Großonkel ist sehr verwirrt, und ich will natürlich sichergehen, daß er gut versorgt ist, aber es scheint keine Betreuung eingerichtet zu sein. Wissen Sie, wie sich das bei Ihrer Schwägerin verhält?«

»Da war mal etwas, aber ich kann Ihnen dazu nichts sagen. Ich gebe Ihnen einmal die Telefonnummer von meiner Großnichte, Theas Enkeltochter. Vielleicht kann die Ihnen weiterhelfen.« Er gab mir die Nummer, bei der sich der Anrufbeantworter gemeldet hatte, und ich bedankte mich und legte auf.

»So, du machst also erst mal nichts« Andy trug einen alten Jogginganzug und hatte die Unterlagen auf meinem Schreibtisch in Augenschein genommen.

»Ich telefoniere ein wenig herum. Nichts Gefährliches.«

»Und wenn diese Familie, die du da ausfragst, sich in der ›Kamelie‹ meldet?«

»Ach.« Mit einer Handbewegung wischte ich den Einwand beiseite und erkundigte mich nach seinem Aufzug.

»Ich mache gleich eine Karate-Probestunde. Mein zehn Jahre alter Anzug paßt mir natürlich nicht mehr. Und was hast du noch vor? Weiter ganz in Ruhe auf die Zahlen warten, die wir morgen früh bekommen, nehme ich an?« Er hatte beide Hände auf den Schreibtisch gestützt und ballte sie nun zu Fäusten. Die Adern traten hervor.

»Ja, genau. In der Zwischenzeit werde ich noch mal ins Altersheim gehen und darauf warten, daß Herr Kupfer mich mit seinem Seidenschlips erwürgt.«

»Gut, dann weiß ich Bescheid. Laß dir doch auch ein paar Barbiturate verpassen. Oder dich mit einem Messer verstümmeln! Ich hab genug Angst um dich gehabt. Ich geh jetzt trainieren.« Wütend starrte er mich an, richtete sich auf und ging aus dem Raum. Kurz darauf fiel mit einem Knall die Wohnungstür ins Schloß.

Das war Andreas, wie ich ihn kannte. Fast war ich erleichtert über seine Reaktion – auf jeden Fall konnte ich damit besser umgehen als mit der Zurückhaltung und Besorgnis, die er in den vergangenen Tagen gezeigt hatte.

Aber was sollte ich tatsächlich weiter tun? Auf die Zahlen warten. Und dann? Draußen schien eine leuchtende Abendsonne, die dem Haus gegenüber einen weichen Schimmer verlieh. Vielleicht würde mir auf einem Spaziergang eine Idee kommen. Kurz entschlossen tauschte ich den Pulli, den ich am Schreibtisch über mein T-Shirt gezogen hatte, mit dem Blazer und verließ die Wohnung.

Es war noch immer wunderbar mild, wärmer als in der Wohnung, und ich dachte an die vielen Frühlingsabende, die ich mit Dale verbracht hatte. In Erfurt und in Dresden waren wir häufig in der Stadt spazierengegangen, hatten uns dann, wenn es warm genug war, irgendwo draußen hingesetzt und etwas getrunken. Oft schwiegen wir dabei die meiste Zeit, genossen nur das Treiben rings um uns her und unsere Vertrautheit.

Die Alaunstraße erinnerte an südliche Gefilde. Überall standen Menschen in Grüppchen herum, Fahrradfahrer behaupteten ihr Recht auf der Fahrbahn, die kitschigbunten Lämpchen an einer Pizzeria blinkten in wirrem Rhythmus. Über die Louise erreichte ich die Königsbrücker Straße und »Rias Schnäppchenmarkt«. Schon von weitem wirkte der Laden, der eigentlich bis sieben geöffnet sein müßte, verlassen. Die Stände vor dem Eingang fehlten, die Tür war geschlossen. Als ich näher kam, sah ich, daß dort ein handgeschriebener Zettel hing: *Aus persönlichen Gründen muß der Laden bis auf Weiteres geschlossen bleiben.*

Es war eine Berufskrankheit: Ich registrierte sofort das falsche, weil groß geschriebene »Weiteres«. Langsam zog ich das Gummiband aus meinen Haaren und band sie neu zusammen, preßte mein Gesicht an die Glastür und versuchte, im Innern etwas zu erkennen. Es sah alles so aus wie immer. Die Angebote, die in den Schaufenstern hingen, stammten vom Montag.

Tief in Gedanken kehrte ich nach Hause zurück. Auf dem Wohnzimmerbalkon hatte Andreas einen Klappstuhl stehenlassen. Ich öffnete eine Flasche Rotwein und setzte mich mit einem Glas hinaus, blickte auf den kleinen Hinterhof. Ich mußte noch Uta Paulus anrufen, fiel mir wieder ein, und vielleicht sollte ich auf den Freiburger Anrufbeantworter sprechen und um Rückruf bitten.

Es dauerte einen Moment, bis ich realisierte, daß irgendwo in der Wohnung das Handy klingelte. Bis ich es in Andys Jackentasche fand, hatte der Anrufer aufgelegt. Ich rief die Mailbox auf. Kein Eingang. Mit dem normalen Telefon versuchte ich, Frau Paulus zu erreichen, landete dort jedoch ebenso wie bei der anderen Freiburger Nummer auf dem Anrufbeantworter. Ich bat beide Frauen um Rückruf und war gerade auf den Balkon zurückgekehrt, als das Handy erneut klingelte. Als ich mich mit »Hallo« meldete, fragte eine weibliche Stimme, ob sie mit Kimberly Markward spräche.

»Ja.«

»Mein Name ist Ingrid Langhammer. Ich bin die Betreuerin Ihres Großonkels. Herr Kupfer hat mich gebeten, Sie anzurufen.«

»Oh, das ist nett«, versuchte ich meine Verblüffung zu überspielen. »Meine Familie ist Ihnen sehr dankbar, daß Sie diese Aufgabe übernehmen.«

»Herr Kupfer meinte, daß Sie vielleicht Fragen an mich haben würden. Wenn Sie möchten, könnten wir uns treffen. Persönlich kann man ja doch so manches besser klären.« Allem Anschein nach eine recht resolute Person.

»Ja, sehr gerne«, sagte ich abwartend.

»Gut. Wie wäre es mit dem chinesischen Restaurant an der Gewandhausstraße? In einer halben Stunde? Würde Ihnen das passen?«

»Morgen abend wäre mir eigentlich lieber«, entgegnete ich.

»Das ist ungünstig. Ich fahre morgen über das Wochenende weg, und in der kommenden Woche habe ich auch schon etliche Termine. Ich weiß ja nicht, wie lange Sie noch in Dresden sind, aber das möchte knapp werden.«

Großartig. Wenn ich jetzt sagte, daß ich auch am nächsten Wochenende noch hier sei, würde sich das zumindest hochgradig unwahrscheinlich anhören. Was sollte schließlich in einem Restaurant mitten in der City schon passieren? Ich sagte zu.

8. Kapitel

Ingrid Langhammer war eine elegant gekleidete Frau Mitte Fünfzig. Sie saß in einer Nische am Fenster, die Speisekarte vor sich. Kurz hob sie die Hand, als ich das Lokal betrat, und strich sich dann über die perfekt liegenden kurzen blonden Haare.

»Ich hatte noch etwas in der Stadt zu erledigen, da bot sich dieser Treffpunkt an. Ich hoffe, es hat Ihnen nicht zu viele Umstände gemacht?« Sie lächelte fragend. Ihr Make-up war dezent, ihre ganze Erscheinung strahlte geradezu Noblesse aus.

Ich verneinte ebenso höflich und bestellte bei dem Kellner, der an unseren Tisch trat, ein Mineralwasser. Frau Langhammer fragte, ob wir zunächst das Essen auswählen sollten, und ich stimmte zu, überflog die Karte. Unwillkürlich mußte ich daran denken, daß sie versuchen könnte, mich zu vergiften. Das erschien mir aber dann doch absurd.

Nachdem die Bestellung aufgegeben war, fragte ich: »Und Sie kümmern sich also um meinen Großonkel? Seit wann machen Sie das – und wie kam es dazu?«

»Oh, seit dem Tod meines Mannes im vergangenen Sommer suchte ich eine sinnvolle Aufgabe. Ich habe zunächst häufig eine bekannte alte Dame in der ›Kamelie‹ besucht und dann einmal bei der Heimleitung nachgefragt, wie ich helfen könnte. Seit etwa zwei Monaten kümmere ich mich jetzt um Herrn Paulus. Die offizielle Betreuung wollte ich eigentlich nicht übernehmen, doch dann hat Herr Kupfer mich noch einmal ausdrücklich gebeten, weil er sonst niemanden hätte, und ich habe zugestimmt. Amtlich ist es erst seit gestern. Den Ausweis habe ich auch jetzt noch nicht, aber mir ist versichert worden, daß er in den nächsten Tagen in der Post sein wird.«

Sie machte eine Pause, in der ich erfolglos überlegte, was ich sagen sollte. Verdammt, das stank doch zum Himmel! Solch eine Dame von Welt ging doch nicht aus lauter Nächstenliebe in ein Altersheim und kümmerte sich um senile Greise! Die übliche sanft klimpernde Hintergrundmusik schien meine Gehirngänge zu verkleben. Mir fiel einfach nichts ein.

»Falls Sie nun natürlich selbst die Angelegenheiten Ihres Onkels regeln wollen, bin ich mir sicher, läßt sich das auch noch einrichten. Sie sind die Enkelin seiner Schwester?« fuhr Frau Langhammer fort.

»Nein.« Zum Glück brachte der Kellner gerade die Wärmeplatten. Fieberhaft versuchte ich, mir die Zeichnung ins Gedächtnis zu rufen, mit der Andy und ich Kimberly Markwards Herkunft konstruiert hatten. »Ich bin die Tochter des Schwagers seines Sohnes. Also nur angeheiratet. Und ich denke, daß Sie sich hier vor Ort bestimmt besser um alles kümmern können, als ich es von Erfurt aus könnte.«

»Wie Sie meinen. Haben Sie denn jetzt für den Moment konkrete Fragen, die ich Ihnen beantworten kann?«

Andy war nicht zu Hause. Unruhig ging ich von der Küche, wo mein Zettel noch auf dem Tisch lag, ins Arbeitszimmer, schaute sogar in dem Durcheinander im Wohnzimmer und auf dem Balkon nach. Keine Nachricht, keinerlei Anzeichen, daß er überhaupt von seinem Training zurückgekehrt war, nichts.

Ich holte den noch auf dem Balkon stehenden Wein hinein und blickte auf meine Armbanduhr: halb zehn.

Wann war er zu dieser Probestunde aufgebrochen? Irgendwann zwischen sechs und sieben. Na ja, vielleicht war er mit jemandem aus der Gruppe noch ein Bier trinken gegangen. Auf jeden Fall würde es ihm ähnlich sehen, ohne Nachricht wegzubleiben, wenn er noch wütend auf mich war.

Inmitten der Umzugskartons wirkte die Stereoanlage wie ein Fluchtpunkt der Normalität. Ich hockte mich vor eine offene Kiste mit Schallplatten. Bis auf einige Kassetten war mein eigener Musik-Fundus noch bei Dale, und so langsam sehnte ich ihn mir herbei.

Suzanne Vegas »Solitude Standing« tauchte nach etlichen Stones-Alben auf. Sowohl der Titel als auch das Cover mit der nachdenklich blickenden Sängerin brachten etwas in mir zum Klingen; als ich sie auflegte, machte mich jedoch der Sprechgesang von »Tom's Diner« noch nervöser, als ich ohnehin schon war.

Ich hob den Arm wieder von der Platte, ging ins Bad und sah nach, ob Andy geduscht hatte. Die Wanne war staubtrocken. Und ich hatte mir Gedanken gemacht, daß er sich sorgen würde über mein Treffen mit Ingrid Langhammer! Nun wurde ich wütend. Immerhin hatte ich ihm noch aufgeschrieben, wo ich war und mit wem ich mich traf. Er hingegen hatte so etwas ja nicht nötig!

Ich setzte mich mit dem Wein an den Küchentisch. Ob ich ihn suchen sollte? Aber wo? Ich wußte ja noch nicht einmal, wo das Karatetraining stattfand.

Ich trank einen Schluck und beschloß, nichts zu unternehmen. Vor wenigen Stunden war ich noch froh über Andys normale Reaktion gewesen, jetzt wünschte ich mir den verwandelten Andreas zurück, einen, der auch im Streß an andere dachte, nicht so impulsiv handelte, die Auswirkungen seines Tuns abschätzte. Also eigentlich keinen Andy, sondern einen Dale. Die Quadratur des Kreises. Spontan schüttelte ich den Kopf und konzentrierte mich auf die Verhältnisse in der »Seniorenresidenz«.

Es schien klar zu sein, daß in der »Kamelie« krumme Geschäfte gemacht wurden. Darin hatte mich diese Farce mit Frau Langhammer – denn als etwas anderes konnte ich es nicht sehen – nur noch bestätigt. Wenn man genauer darüber nachdachte, gab es einige Möglichkeiten, senile alte Menschen um ihr Geld zu bringen. Man konnte sie Einzugsermächtigungen und Überweisungen unterschreiben lassen, Mietzuschläge in bar kassieren – schließlich handelte es sich um die Generation, die noch daran gewöhnt war, cash zu zahlen. Bei allen Überlegungen jedoch kam ich immer wieder auf denselben Punkt: Wie groß mußte solch ein Betrug sein, damit jemand zur Vertuschung einen Mord beging? Hatte Andy vielleicht doch Recht, und es gab tatsächlich gefälschte Testamente, und die Alten wurden vorzeitig ins Grab befördert? Das wäre ein Motiv.

Ich drehte mein Glas hin und her. Nein! Dann hätte Mark bestimmt einmal erzählt, daß bei ihnen die alten Leute schneller als woanders starben.

Waren da nicht doch die Überfälle auf die Lkw die wahrscheinlichere Spur? Wenn dort tatsächlich die Mafia mitmischte? Die waren bekanntermaßen nicht zimperlich in der Wahl ihrer Mittel.

Dale hatte die Speditionen und die Lastwagen anscheinend schon völlig abgehakt. Er war mit seinen Recherchen definitiv bei den einzelnen Händlern gelandet, die sich wiederum in allen Städten irgendwie zusammengeschlossen hatten. Wäre es möglich, daß in den jeweiligen Organisationen jemand saß, der die Überfälle plante? Die Sekretärin des »Cityrings« hatte allerdings nur von gemeinsamer Werbung und sehr vage von Synergieeffekten gesprochen. Gab es jemanden, der wußte, wann die Lastwagen fuhren, also, wann ein Händler eine Lieferung erwartete? Natürlich: Das war die Spur, die zu dem Lager führte. Dort mußte jemand sitzen, der die Anlieferungen koordinierte und somit auch über die Routen der Speditionen Bescheid wußte.

Langsam stellte ich das Weinglas auf den Tisch. Ich suchte und fand die Autoschlüssel in Andys Jackentasche und machte mich auf den Weg.

Als ich im Gewerbegebiet ankam, war es dort stockdunkel. Ein wenig mulmig fühlte ich mich schon, als ich aus dem Wagen stieg, den ich gut hundert Meter vor der Lagerhalle des »Cityrings« geparkt hatte. Angestrengt versuchte ich, die Dunkelheit zu durchdringen, konnte jedoch kaum etwas sehen. So leise wie möglich schloß ich die Tür des Golfs und näherte mich dem langgestreckten Bau.

Bis ich das Gebäude erreicht hatte, waren meine Augen so weit an das wenige Licht gewohnt, daß ich mir sicher war, alleine hier zu sein. An dem schweren Eingangstor brauchte ich mich mit den Dietrichen allerdings gar nicht erst zu versuchen. Ich blickte noch einmal nach rechts und links über die Schulter und ging dann vorsichtig an der linken Seite des Gebäudes entlang. Ich hatte extra flache Leinenschuhe mit Gummisohlen angezogen, mit denen ich mich fast lautlos bewegen konnte.

Die Fenster sahen alle ordentlich verschlossen aus, doch am Ende der Längsseite schien sich noch eine kleine Tür zu befinden. Mit der Punkttaschenlampe, die ich ebenfalls noch aus Dales Büro geholt hatte, betrachtete ich das Schloß. Einen Versuch war es wert. Gerade, als ich einen der schmalen Stifte angesetzt hatte, packte jedoch jemand meine Arme und riß sie so schnell und kraftvoll nach hinten, daß ich keinerlei Chance hatte, mich zu wehren. Die Angst, die ich die ganze Zeit unterdrückt hatte, bahnte sich in einem Aufschrei ihren Weg. Taschenlampe und Dietriche fielen auf den Boden. Mein Angreifer nahm beide Handgelenke in eine große Pranke und drehte meinen zitternden Körper herum.

»Was soll das geben?«

Ich war einem der Wachmänner in die Hände gefallen. Erleichtert seufzte ich auf. Aber was sollte ich jetzt sagen? Die Wahrheit?

»Das ist ein Mißverständnis. Ich wollte nicht einbrechen.«

»Nicht. Und was hatten Sie dann mit diesem Werkzeug vor?« Mit seiner freien Hand deutete er auf den Boden.

»Ich bin Journalistin. Ich wollte etwas recherchieren.«

»Recherchieren? Ach so!«

»Ja. Wenn Sie mich loslassen, kann ich Ihnen meinen Presseausweis zeigen.«

»Sie können mir viel erzählen. Ich rufe jetzt die Polizei an, und die kann sich Ihre Ausweise anschauen.«

Warum war ich bloß auf diese Schnapsidee gekommen? Der Wachmann griff nach seinem Handy, wobei er meine Hände in seinem Schraubstockgriff behielt.

Es dauerte fast eine halbe Stunde, bis ein Streifenwagen mit zwei Beamten, einem Mann und einer Frau, am Lager eintraf. Die Frau bedeutete dem Wachmann, mich loszulassen, und dankbar rieb ich meine tauben Handgelenke. In der Zwischenzeit hatte ich mich entschieden, daß es das beste war, die Wahrheit zu sagen.

Der Wachmann gab an, er habe mich erwischt, als ich versuchte, einzubrechen. Mit bedeutungsschwerem Gesichtsausdruck wies er auf den Dietrich, der noch immer auf dem Boden lag.

Der Polizist, der den Vorwurf des Mannes notiert hatte, hob das Werkzeug mit spitzen Fingern auf und blickte mich fragend an. »Gehört dieser Gegenstand Ihnen?«

Ich nickte. »Ja, aber es ist anders, als Sie denken.«

Die Frau hatte währenddessen mit ihrer Taschenlampe das Schloß der Tür untersucht. »Nichts zu sehen«, sagte sie.

»Ich bin Journalistin und recherchiere in einem Fall, wo es um Überfälle auf Lkw geht. Ich gebe ja zu, es ist nicht ganz legal, aber vermutlich liegen in dieser Lagerhalle wichtige Unterlagen, die ich einsehen wollte.«

»Nicht ganz legal?« Der Polizist atmete einmal tief ein. »Sie wollten einbrechen und rechtfertigen sich hier solcherart dafür?«

»Wenn es der Wahrheitsfindung dienlich ist.«

Um den Mund der Polizistin spielte ein kleines Lächeln. Die beiden Männer überboten sich jedoch in rechtschaffener Empörung.

»Können Sie sich ausweisen?«

Meine Hände waren noch immer steif und fast gefühllos, so daß ich mit meiner Brieftasche die restlichen Dietriche aus der Tasche zog. Das Filzmäppchen öffnete sich, und klappernd fielen die Metallstäbe auf den Boden.

»Sie führen also für Ihre Recherchen eine komplette Einbruchgarnitur mit sich.« Die Miene des Uniformierten war nun völlig reserviert. »Wenn Sie erlauben, würde ich mir gern mal Ihren restlichen Tascheninhalt anschauen.«

Resignierend reichte ich ihm meinen Beutel, während ich überlegte, ob es Sinn haben würde, sich auf Kommissar Hantzsche zu berufen. Der hatte uns allerdings auch ins Gewissen geredet, nichts mehr zu unternehmen. Ich entschied mich, zunächst einmal abzuwarten.

Der Polizist beförderte drei Kugelschreiber, Portemonnaie, Taschenkalender, Haarbürste und -gummi, Papiertaschentücher und ein verklebtes Eukalyptusbonbon zutage. Nachdem er in das Portemonnaie geschaut und den Kalender einmal durchgeblättert hatte, streckte er die Hand aus, um die Brieftasche, die ich noch hielt, in Augenschein zu nehmen. Personalausweis, Führerschein, Presseausweis, EC- und Bibliothekskarte sowie einige Zettel kamen zum Vorschein – und neben zwei verknickten alten von der Sächsischen Rundschau auch Kimberly Markwards Visitenkarten.

»Was ist das?«

»Die Visitenkarten gehören einer Freundin.«

»Sie tragen also«, er fächerte die Karten mit der Hand durch, »sieben Visitenkarten ihrer Freundin mit sich herum.«

Er griff nach seinem Handy und wählte die Nummer. Als jemand abhob, meldete er sich nicht mit Namen, sondern fragte, ob er Kimberly Markward sprechen könne.

»Nu, gern kann sie mich zurückrufen. Mein Name ist Stein, Hauptwachmeister Stein. Aber vielleicht ist es das beste, wenn Frau Markward gleich morgen früh auf der Polizeidirektion Striesen vorstellig wird.« Er beendete das Gespräch und schaute mich grimmig an. »Seltsam. Es scheint kein Problem zu sein für Frau Markward aus Erfurt, morgen früh hier in Dresden zu sein. Können Sie mir das erklären?«

Ich schüttelte nur den Kopf. Am besten sagte ich überhaupt nichts mehr. Hauptwachmeister Stein steckte meine Brieftasche und die Dietriche in den Beutel, gab ihn mir aber nicht zurück.

»Dann kommen Sie mal mit!« erklärte die Polizistin. »Sie sind vorläufig festgenommen.«

»Sie verhaften mich?« Meine Stimme hörte sich fremd an.

»Was glauben Sie denn? Sie haben versucht, hier einzubrechen und das auch zugegeben.« Der Mann faßte meinen Arm und führte mich auf den Streifenwagen zu. »Da dachten Sie wohl, Sie könnten einfach so nach Hause spazieren?«

»Also, Sie wohnen in der Antonstraße 4. Ist das korrekt?«

Ich schluckte einmal unauffällig. »Ja.«

Die Polizistin traktierte eine mechanische Schreibmaschine, dann blickte sie mich prüfend an, wobei sie das linke Auge leicht zusammenkniff. »Haben Sie etwas getrunken?«

»Vor Stunden ein Glas Wein.«

»Drogen haben Sie nicht genommen.« Da sich das eher nach einer Feststellung als nach einer Frage anhörte, reagierte ich nicht. Die Beamtin zog, ohne aufzusehen, das Papier aus der Maschine, legte es daneben auf den Schreibtisch.

Ihr Kollege kehrte aus dem Nebenraum zurück, in dem er nach unserer Ankunft auf dem Revier verschwunden war. »So, dann wollen wir doch mal sehen.« Er startete ein Computerprogramm und nahm meinen Ausweis vom Schreibtisch der Frau. »Nein, gar nichts«, sagte er nach einiger Zeit. »Dann versuchen wir es doch mal spaßeshalber mit – wie hieß ihre Freundin gleich? Die mit den Visitenkarten?«

»Kimberly Markward. Aber da dürften Sie keinen Erfolg haben.« Mir war so langsam alles egal. Sollten sie mich doch einsperren. Hauptsache, sie gaben mir eine Zelle mit Bett. Ich war todmüde.

»Warum?«

»Weil es keine Kimberly Markward gibt. Es ist ein Pseudonym, das ich manchmal für Recherchen benutze.«

»Ah ja. Und warum haben Sie das nicht gleich gesagt?«

Ich zuckte die Schultern, verzichtete auf eine Antwort.

»Und was wollten Sie nun in dieser Lagerhalle?«

Hatte es überhaupt einen Sinn, diesem eifrigen Beamten etwas zu erzählen? Offensichtlich war er fest entschlossen, mir den Einbruch anzuhängen. »Es gab in letzter Zeit wiederholt Überfälle auf Speditions-Lkw. Ich vermute, daß die für den Dresdner Raum vom Lager des ›Cityrings‹ aus koordiniert werden.«

»Und warum gehen Sie mit einem solchen Verdacht nicht zur Polizei?«

Ich antwortete nicht.

»Wie kommen Sie überhaupt darauf?«

»Du bist doch wohl komplett wahnsinnig, alleine an dem Lager herumzuschnüffeln! Und dann noch zu versuchen, dort einzubrechen!« Andreas hatte seinen Fernseher im Schlafzimmer angeschlossen und saß in Unterhose und T-Shirt auf dem Bett, in der Hand eine Flasche Bier. Auf dem stumm geschalteten Bildschirm flimmerte ein alter Schwarz-Weiß-Krimi mit Jean Gabin. Mein Radiowecker zeigte 1.48 Uhr.

»Geschieht dir ganz recht, daß du jetzt so in der Tinte sitzt. Was meinst du, was für Sorgen ich mir gemacht habe, als du nicht hier warst. Dann noch der Zettel, daß du dich mit dieser Frau treffen wolltest …« Er starrte mich wütend an, trank einen Schluck. »Und dann ruft die Polizei an und will Kimberly Markward sprechen. Wirklich großartig!«

»Danke gleichfalls. Ich hab dir wenigstens noch einen

Zettel hingelegt. Du hast das ja nicht nötig!« Auf einmal brach ein hysterisches Lachen aus mir heraus. »Und von den Bullen aus habe ich dich auch angerufen.«

»Ja, sehr beruhigend, noch mal eine Stunde später dann zu hören, daß du verhaftet worden bist!«

Ich war völlig fertig. Wann waren wir in Dales Haus gewesen? Heute? Gestern? Meine Überreiztheit schlug in Wut um. »Was hätte ich denn machen sollen? Du hast ja noch nicht mal versucht, mir Bescheid zu geben. Du bist einfach so weggeblieben. Auf dich ist doch sowieso kein Verlaß. War es doch noch nie!«

»Ach ja? So ist das also. Gut, daß ich das weiß!« Er schnappte sich sein Bettzeug und die Flasche Bier und ging hinaus, ohne mich noch eines Blickes zu würdigen.

Ich wollte ihn zurückhalten. Schließlich hatten wir bislang nirgendwo ein Sofa, so daß er nur auf dem Boden schlafen konnte, aber ein »Es tut mir leid« brachte ich nicht über die Lippen. Es wäre auch gelogen gewesen. Ich war wie eine Schwerverbrecherin behandelt worden. Man hatte nicht nur meinen Namen durch den Computer gejagt, mich verhört und einen Alkoholtest gemacht, sondern auch Fingerabdrücke genommen und Fotos gemacht. Von vorn, von rechts, von links. Ich bekam eine Anzeige wegen versuchten Einbruchs und hatte keine Ahnung, was das nach sich ziehen konnte. Und Andy motzte mich noch an. Da mußte er schon damit rechnen, daß ich zurückschlug.

»... in Ordnung, Herr Hantzsche, vielen Dank.«

Wie bitte? Andreas telefonierte mit dem Kommissar?

»Was hast du ihm erzählt?«

»Vielleicht erinnerst du dich, daß er ein tägliches Lebenszeichen von uns haben wollte.«

»Und das mußt du ihm gleich morgens um neun Uhr

geben, ja?« Ich knallte die Brötchen, die ich als Versöhnungsangebot geholt hatte, auf seinen Schreibtisch.

»Meinst du nicht, du solltest versuchen, ob er wegen dieser Einbruchsanzeige etwas für dich unternehmen kann?« Als er meinen Gesichtsausdruck sah, hob er abwehrend die Hände. »Nein, ich habe ihm nichts gesagt. Aber ich gebe zu, ich dachte auch, es kann nicht schaden, vorzufühlen, ob er bereits deinen Namen auf dem Schreibtisch hat.« Falls das überhaupt möglich war, sah Andreas noch übernächtigter aus als ich. Die Schatten unter seinen Augen schimmerten blau-violett; als er die Hände wieder sinken ließ, hatte er offensichtlich Rückenschmerzen. Ich spürte, wie meine Wut verrauchte.

»Und?« fragte ich sehr viel sanfter nach.

»Er hat nichts gesagt.« Andy nahm die Brötchentüte und deutete mit einer Kopfbewegung die Frage an, ob wir in die Küche gehen sollten.

»Na ja, es wäre ja auch ziemlich ungewöhnlich«, sagte ich, während ich Marmelade, Wurst und Käse aus dem Kühlschrank holte. »Hantzsche ist schließlich bei der Mordkommission.«

Andreas zuckte die Schultern, schenkte uns beiden Kaffee ein und ließ sich auf einen Stuhl sinken. Vorsichtig verlagerte er sein Gewicht. »Tut mir leid, daß ich dich gestern so angemeckert habe. Aber was mich angeht: Ich hätte dir gar nicht Bescheid sagen können, weil ich einfach so lange trainiert habe.« Er zog eine Grimasse. »Viel zu lange.«

Ich hielt eines der duftenden Brötchen in der Hand, drehte es hin und her. »Nein, mir tut es leid. Ich war ungerecht.«

Andy winkte ab. »Jetzt erzähl doch mal, warum du diese Aktion gestartet hast.«

Ich schilderte ihm meine Schlußfolgerungen.

Er nickte nachdenklich. »Das hört sich logisch an. Natürlich können nicht alle Geschäfte gleichzeitig Lieferung bekommen, das muß angemeldet werden. Und es macht auch Sinn, daß das direkt an jemanden im Lager geht.« Seine Augen, die mich über den Rand der Kaffeetasse hinweg musterten, blitzten auf. »Aber daß du dann losziehst und versuchst, dort einzubrechen ...« Plötzlich prustete er laut los. »Eigentlich bin ich doch für so was zuständig.«

Das Lachen war ansteckend. »Du kannst den Part auch demnächst gerne wieder übernehmen. So witzig fand ich das Ganze gestern nacht nämlich überhaupt nicht«, sagte ich, als ich mich wieder beruhigt hatte.

»Ach, laß mal.« Andy grinste. »Verfolgen die Bullen das denn jetzt weiter?«

Ich verzog das Gesicht. »Ich hoffe. Zumindest habe ich alles soweit ausgesagt – Dale habe ich allerdings herausgelassen. Ich habe behauptet, ich hätte einen anonymen Tipp bekommen.«

»Vielleicht tut sich dann ja mal was. Trotzdem solltest du Hantzsche bitten, seinen Kollegen zu sagen, daß du keine gewöhnliche Einbrecherin bist.«

»Und mir seine Vorwürfe anhören?« Ich füllte meine noch halbvolle Kaffeetasse auf. »Nein, zuerst warte ich ab, was da noch kommt.«

Das nächste, was kam, war ein Anruf von Mark, der mir mitteilte, daß er ab sofort nicht mehr im Altersheim erreichbar sei.

»Ich hatte am Anfang meiner Zivi-Zeit einen Antrag auf Versetzung zu ›Essen auf Rädern‹ gestellt, weil ich da einen Kumpel habe. Damals ist mir aber gesagt worden, daß das wohl nichts wird, weil da alle hinwollen. Jetzt hatte ich gar nicht mehr dran gedacht, und heute kriege ich direkt hier den Anruf, daß ich mich Montag früh um acht Uhr auf der neuen Stelle zu melden hätte. Also werden wir uns nicht mehr sehen, wenn du deinen Großonkel besuchst. Wie lange bist du überhaupt noch in Dresden?«

Diese Frage wurde langsam zu einem Problem. »Bis Anfang nächster Woche.« Ich zögerte. »Aber sag mal, wenn du dann sowieso gehst, kannst du nicht heute noch herausfinden, wer auf den Pflegestationen alleinstehend ist?«

Die Enkelin von Frau Thenior hatte gestern spät abends noch angerufen und Andreas gesagt, daß sie selbst die Betreuerin ihrer Großmutter sei und bislang keinen Anlaß gehabt habe, sich über die »Kamelie« zu beschweren.

»Nu, ich kann's versuchen. Treffen wir uns dann am Wochenende?«

Ich lud ihn für den morgigen Abend ins »Leonardo« zum Essen ein und klappte nachdenklich das Handy zu. Die Zufälle häuften sich so langsam. Da mußte auch noch eine weitere Essensrechnung drin sein – und das »Leonardo« war schließlich günstig.

Ich ging ins Arbeitszimmer und rief Frau Militzke vom Amtsgericht an. Diplomatisch begann ich damit, daß ich gestern einen Anruf von einer Frau Langhammer bekommen habe, die behauptete, die Betreuerin meines Großonkels zu sein, und das sei mir seltsam erschienen, wo sie selbst doch noch am Mittwoch gesagt habe, es gebe niemanden.

Frau Militzke war jedoch offenbar im Streß. »Wir stellen amtliche Ausweise aus. Die Dame müßte sich also legitimieren können.« Ich versuchte eine Zwischenbemerkung, sie fuhr aber schon fort: »Wenn Sie ernste Bedenken haben, müßten Sie einmal persönlich vorbeikommen, Ihre Verwandtschaftsbeziehungen dokumentieren, und dann kann ich der Sache nachgehen. So am Telefon geht das leider nicht.«

Also mußte ich doch Uta Paulus erreichen, die mich bislang nicht zurückgerufen hatte. Ich wählte noch einmal ihre Nummer und hinterließ eine weitere Nachricht.

Ein Versuch, die Telefonnummern, die vom Büro der Seniorenresidenz angewählt worden waren, zu identifizieren, brachte mich auch nicht wirklich weiter. Zwei gehörten einem Betreuungsverein, in dem die ehrenamtlichen Betreuer sich zusammengeschlossen hatten – was jedoch freiwillig war. Daß sie keine Ingrid Langhammer kannten, mußte demnach nichts bedeuten. Bei dem nächsten Telefonat wurde ich mit dem Justizministerium des Landes Sachsen verbunden, genauer mit einer Bandansage. Da ich keine Ahnung hatte, mit welcher Abteilung ich sprechen wollte, legte ich resigniert wieder auf.

Eine kleine Überraschung erlebte ich, als ich eine viermal auf der Rechnung auftauchende Nummer ausprobierte und Frau Langhammer sich meldete. Aber was war daran auffällig? Zwar war ich eigentlich sicher, daß sie mir eine Komödie vorgespielt hatte, die Anrufe konnten jedoch genausogut bedeuten, daß sie die Wahrheit sagte. Schließlich hatte sie behauptet, sie habe sich seit zwei Monaten um den alten Paulus gekümmert, und Kupfer habe sie gebeten, die Betreuung zu übernehmen.

Mir schwirrte der Kopf, und ich fühlte mich sterbensmüde. Gerade, als ich beschlossen hatte, zu Andy, der versuchte, ein wenig Schlaf nachzuholen, ins Bett zu kriechen, klingelten Telefon und Fax gleichzeitig. Die Pressesprecherin des Amtsgerichts wollte Herrn Rönn sprechen, gab dann jedoch auch mir ihre Daten durch. Vorsichtshalber notierte ich die Betreuungszahlen für alle Dresdner Heime und umkringelte die »11« für die »Kamelie« dick. Etwa drei Viertel aller Betreuer waren Familienangehörige.

»Ich weiß, daß Herr Rönn sich dafür interessieren würde, in welchen Heimen wie viele Verwandte als Betreuer tätig sind«, versuchte ich mein Glück. »Ob man zum Beispiel sagen kann, daß in den teureren Häusern mehr Menschen von Fremden betreut werden?«

»Diese Daten habe ich selbst nicht so aufgeschlüsselt. Das hatte ich dem Kollegen schon gesagt. Da ist der Datenschutz vor.«

Ich bedankte mich, beendete das Gespräch und betrachtete das hereingekommene Fax. Ines war wirklich ein Schatz: Sie hatte einen großen Artikel vom April 1990 geschickt, zwei kleinere aus den Folgemonaten sowie drei Meldungen.

Wenn es sich bei dem Mann um »unseren« Paulus handelte, woran ich kaum zweifelte, war er wirklich kein besonders angenehmer Zeitgenosse gewesen. Er hatte es irgendwie geschafft, den Grund und Boden verschiedener LPGs rings um Dresden an wohlhabende Wessis zu verkaufen. Obwohl das später ziemlich lückenlos nachzuweisen war, hatte es keinerlei Konsequenzen für ihn gegeben. Offenbar fand sich kein Kläger. Herbert Paulus – endlich wußte ich den Vornamen – dürfte somit dank dieser Transaktionen ein reicher Mann sein. Gewesen sein.

Früher einmal war also bei ihm einiges zu holen gewesen. Ob er möglicherweise, solange er noch bei klarem Verstand war, von Kupfer erpreßt worden war? Ich stützte die Ellenbogen auf den Schreibtisch, legte meinen

Kopf in die Hände und versuchte nachzudenken. Als ich spürte, wie mir die Augen zufielen, gab ich es auf und ging ins Schlafzimmer, kroch zu Andy unter die Decke und kuschelte mich an ihn. Tief schlafend drehte er sich um und nahm mich in den Arm.

9. Kapitel

Ich wurde wach, als Andreas sich grummelnd aus der Decke wühlte und aufstand. Nun hörte auch ich das Telefon, konnte jedoch kaum die Augen öffnen. Erst als Kaffeegeruch von der Küche herüberdrang, schaffte ich es, in der Gegenwart anzukommen.

Tief in Gedanken versunken, stand Andy vor der Kaffeemaschine.

»Rate mal, wer gerade angerufen hat«, sagte er, ohne den Blick von der tröpfelnden Flüssigkeit zu wenden, und rieb sich den rechten Oberarm.

»Der deutsche Kaffeerösterverband?«

»Ria Meyerhof würde uns gern ihren Zwischenhändler vorstellen. Wenn wir noch Interesse hätten.« Er schaute auf seine Armbanduhr. »In einer Dreiviertelstunde in ihrem Laden.«

»Meinst du, das ist eine Falle?«

Er zuckte die Achseln. »Keine Ahnung. Eigentlich kann ja nichts passieren, mitten am Nachmittag, und was sollen sie schon von uns wollen?«

Obwohl ich ihm zustimmte, wurde mir etwas mulmig, als ich sah, daß der Laden noch immer geschlossen war. Frau Meyerhof selbst, elegant wie bei unserem ersten Besuch am vergangenen Donnerstag, wartete an der Glastür und geleitete uns in ihr Büro, nicht ohne den Eingang wieder abzuschließen.

»Ich mußte den Shop aus familiären Gründen kurzzeitig schließen«, erklärte sie.

Im Büro machte sie uns mit Herrn Breschner, einem

schlanken Mann Ende Zwanzig bekannt, bot Kaffee an und stellte einen Teller Gebäck dazu.

»Sie schreiben also über das Prinzip der Discount-Shops?« begann Breschner, dessen T-Shirt verriet, daß er Anhänger einer deutschen Traditionssportmarke war. »Ich sage immer, sie sind ein Abfallprodukt der Wohlstandsgesellschaft. Wissen Sie, wie viele Tonnen Ware täglich in Deutschland zum Beispiel als transportgeschädigt gelten, nur weil der Lkw einmal scharf abbremsen mußte? Diese Ware kaufe ich günstig auf und gebe sie an meine Kunden weiter – wie zum Beispiel an Frau Meyerhof.«

Ich nickte. »Und wie schaffen Sie es, immer die gleichen Artikel anbieten zu können?«

»Logistik. Im Zweifelsfall kann man auch mal etwas von einem Shop zum anderen transferieren.«

Um den Schein zu wahren, ließen wir uns von Herrn Breschner noch etwas über sein bisheriges Leben erzählen, erfuhren, daß er als Lkw-Fahrer bei einer Spedition gearbeitet hatte, wo er erstmals die Möglichkeiten gesehen habe, Unfallware weiterzuverkaufen, und daß er seit drei Jahren selbständiger Zwischenhändler war.

»Mit wem haben Sie sich denn im Rahmen Ihrer Recherche noch unterhalten?« fragte Frau Meyerhof.

»Ich habe mit Kollegen von Ihnen in anderen Städten in Sachsen telefoniert«, erwiderte Andy.

Ria Meyerhof nickte nur. Ich konnte den Blick nicht von ihrem braunrot geschminkten Mund wenden. Schon bei unserem ersten Treffen hatte ich gedacht, es sei genau dieselbe Farbe wie jene, deren Schimmer man noch auf der Tasse in Dales Spülmaschine ausmachen konnte. So etwas mußte man doch im Labor feststellen können. Aber es hatte ja noch nicht einmal eine vernünftige Spurensicherung gegeben. Wenn ich doch noch einmal mit

Hantzsche sprach? Mein Blick wanderte zu der Tasse, die Frau Meyerhof vor sich stehen hatte.

»Vermutlich haben Sie erfahren, daß das Prinzip überall das gleiche ist, nicht wahr?« fragte Herr Breschner nach. »Da könnten Sie auch in Hamburg oder Nürnberg anrufen. Wie gesagt, bei uns profitieren einfach die Kunden davon, daß die Konsumgesellschaft Güter so schnell aussortiert.«

»Wir haben uns überlegt«, begann die Ladeninhaberin, an Andreas gewandt, »ob Sie vielleicht Interesse daran haben, für uns ein wenig Pressearbeit zu machen. Sie sind doch freier Journalist, oder?«

Andy nickte abwartend.

»Ich sagte Ihnen ja schon bei unserem ersten Gespräch, daß immer wieder Gerüchte über uns in die Welt gesetzt werden. Nun, einen festen Pressesprecher können wir uns nicht leisten, dann könnten wir unsere niedrigen Preise nicht halten.« Sie lächelte professionell. »Aber wenn Sie auf freier Basis Artikel verfassen würden, könnten wir uns bestimmt über die Bezahlung einigen. Sie hatten ja nun die Gelegenheit, sich von der Seriosität unserer Branche zu überzeugen.«

»Das kommt etwas überraschend, aber im Prinzip könnte ich es mir schon vorstellen«, antwortete Andy. »Bloß, für wen wäre ich dann genau tätig? Ich hatte Sie bislang so verstanden, daß jeder Discounthändler gewissermaßen Einzelkämpfer ist. Gibt es also doch eine Art großer Organisation?«

»Nein, keine Organisation. Wir arbeiten lediglich manchmal zusammen, wenn es allen zugute kommt. Punktuelle Zweckgemeinschaft könnte man es vielleicht nennen.«

Andreas versprach, sich in den nächsten Tagen zu melden. Als wir aufstanden, um zu gehen, beugte ich mich noch einmal weit über den Tisch und griff nach den Keksen. Mit einem kräftigen Schwung meiner Schultertasche stieß ich dabei Ria Meyerhofs Tasse hinunter. Ich entschuldigte mich und ging sofort in die Hocke, um die Scherben einzusammeln.

»Punktuelle Zweckgemeinschaft«, wiederholte ich, als wir wieder auf der Königsbrücker Straße standen.

»Oder Russenmafia«, ergänzte Andy. »Ich nehme an, die Herrschaften wollten gerne wissen, was wir mittlerweile erfahren haben. Und uns vielleicht dauerhaft durch dieses seltsame Angebot im Blick behalten.«

Ohne darüber zu sprechen, hatten wir nicht den Weg nach Hause eingeschlagen, sondern schlenderten nordwärts. Ich stimmte ihm zu, während ich mit der linken Hand in meiner Tasche herumkramte, um ein Papiertaschentuch zu finden. Sowohl auf der Straße als auch auf dem Bürgersteig herrschte reger Feierabendbetrieb; fast wäre ich in eine Frau mit zwei prall gefüllten Plastiktüten hineingelaufen.

»Hast du eigentlich absichtlich die Einzelhändler und die Discount-Shops verwechselt?« fragte ich nach. »Als du gesagt hast, du hättest mit ihren Kollegen in anderen Städten telefoniert.«

Sein Nein kam langsam und gedehnt. »Das war ein echter Lapsus.«

»Mir ist gestern das gleiche passiert. Das ist mir gerade erst klar geworden. Ich bin davon ausgegangen, daß die Überfälle auf die Lastwagen von der Mafia begangen werden, was mir auch immer noch plausibel erscheint. Aber wir vermuten schließlich nur, daß die Mafia irgendwie hinter den Discount-Shops steckt.«

»Leider kennen wir ja nicht die genaue Verbindung vom ›Cityring‹ zu den Discounthändlern. Nach allem, was wir bislang kombiniert haben, würde ich allerdings sagen, daß die Mafia für die Überfälle verantwortlich ist und die Ware dann in ihren Billigläden anbietet. Dazu braucht sie mindestens einen Verbündeten pro Stadt unter den Einzelhändlern, der über die Lieferungen Bescheid weiß.«

Es war mittlerweile fast schwülwarm. Vor dem »Café Europa« saßen wie im Sommer die Menschen dicht an dicht.

»Und Dale hat das herausgefunden und sollte deshalb zum Schweigen gebracht werden.«

»Genau, aber wir können noch nicht einmal den ersten Teil der Geschichte beweisen, geschweige denn das Ganze.«

»Vielleicht doch. Damit.« Ich hatte endlich ein Taschentuch aus der Verpackung gezogen und legte die Scherbe mit Ria Meyerhofs Lippenstift vorsichtig darauf. »Wir sollten die Tasse aus Dales Haus holen und darauf bestehen, daß Hantzsche beides ins Labor gibt und die Spuren verglichen werden.«

Andy lächelte. »Du kommst nach deinem Einbruch erst richtig in Fahrt, was? Zum Glück können wir ja wahrheitsgemäß sagen, daß die Meyerhof mich angerufen hat. Wir haben ja weiter nichts unternommen.«

An der Ecke Königsbrücker Straße und Bischofsweg bogen wir nach rechts ab. Auch hier gab es noch viel zu viel Verkehr, nachdem wir es aber geschafft hatten, die Straße zu überqueren, genossen wir kurz darauf die kleine grüne Oase des Alaunparks. Zwei bunt zusammen gewürfelte Fußballmannschaften lieferten sich einen ernsthaft aussehenden Kampf, der jedoch immer wieder von dazwischen laufenden Hunden gestört wurde. Nahezu jede Bank war von Liebespaaren belegt. Ich ließ meinen Kopf auf Andys Schulter sinken und seufzte.

Als es plötzlich zu regnen begann, liefen wir auf einen der Bäume am Nordrand der Wiese zu. So schnell der Guß gekommen war, so schnell hörte er auch wieder auf.

Wir blieben noch ein wenig unter dem dichten Blätterdach stehen und genossen die gereinigte Atmosphäre. Die Luft war frisch und kühl geworden, ich atmete sie in vollen Zügen ein. Die Vögel ringsum sangen und zwitscherten, als wollten sie jubilieren.

Schließlich machten wir uns auf den Heimweg zurück durch den Park und die Görlitzer Straße hinunter. An der Ecke zur Sebnitzer Straße hatte ein neues Restaurant eröffnet. Die schlichte Einrichtung, die man durch die großen Fenster sehen konnte, wirkte einladend. Insgesamt schien das Lokal recht nobel zu sein.

»Na, können wir uns das leisten?« fragte ich Andreas, der die ausgehängte Speisekarte studierte. In den letzten Minuten war noch einmal die Abendsonne hervorgekommen. Ich zog den feuchten Blazer aus und genoß die wärmenden Strahlen.

Er schüttelte den Kopf. »Höchstens, wenn ich wirklich für die Mafia arbeite.«

»Wie wäre es dann mit kubanisch?« Ich wies auf das »El Cubanito« auf der gegenüberliegenden Ecke. »Ich habe fürchterlichen Hunger.«

»Das ist doch mal eine richtig gute Nachricht.«

Tatsächlich fühlte ich mich, als sei ein Knoten zerschlagen. Die Lösung des Falles schien klar. Nun mußte Dale nur noch aufwachen …

Wieder seufzte ich, als ich mich auf einen Stuhl direkt am weit offenen Fenster setzte. Wir waren die ersten Gäste. Die füllige Kellnerin sortierte noch die Flaschen hinter der Bar. Das Ambiente paßte perfekt zu diesem Abend.

»Wir sollten dann aber auch wirklich nichts weiter machen«, sagte ich, als zwei Daiquiris vor uns standen. »Wenn wir richtig liegen, ist die Geschichte bei der Polizei eindeutig besser aufgehoben.«

»Wem sagst du das? Ich habe gestern nicht versucht einzubrechen.« Andy prostete mir zu. Auch er wirkte im Vergleich zu den letzten Tagen gelöst, trotz Muskelkater und Rückenschmerzen. Ich zog eine Grimasse.

Eine Stunde später hatten wir die gemischte Platte für zwei Personen fast komplett abgeräumt. Ich ließ mich zufrieden zurücksinken und blickte auf die Straße. Mittlerweile war es ziemlich dunkel. Das Restaurant gegenüber schimmerte stimmungsvoll beleuchtet. Gerade, als ich mich wieder Andy zuwenden wollte, sah ich direkt am Fenster eine Silhouette, die mir bekannt vorkam. Ein rasierter Kopf über ausgeprägten Schultern, die in einem hellen Anzug steckten: Herr Kupfer. Wenn mich nicht alles täuschte, saß ihm Frau Kellermann gegenüber. Ihre sonst schlicht zurückgebundenen Haare waren kunstvoll aufgesteckt, und es sah aus, als flirtete sie mit ihm. Auf jeden Fall hatte sie den Kopf leicht schräg gelegt und den Oberkörper vorgebeugt. Gespannt reckte ich den Hals und steckte den Kopf fast aus dem offenen Fenster.

»Was hast du?« fragte Andy.

»Kupfer und Kellermann sitzen gegenüber und schlemmen.« Gerade erschien der Kellner, räumte ihre Teller ab und schenkte beiden aus der auf dem Tisch stehenden Flasche Wein nach.

»Ach, nein. Da möchte ich ja gerne Mäuschen spielen. Ob wir uns an den Nachbartisch setzen und nur etwas trinken können?« Er schob unseren Teller zur Seite und beugte sich weit vor, um ebenfalls durch das Fenster blicken zu können.

»Ich denke nicht. Das sieht alles verdammt übersichtlich dort aus. Und sie kennen uns schließlich.«

Unschlüssig starrten wir weiter über die Straße und versuchten, die Körpersprache der beiden zu deuten.

Kupfer wirkte etwas abweisend, er saß sehr aufrecht, beide Hände um sein Weinglas gelegt. Sie neigte sich vor, schien aufgeregt. Dann fuhr sie sich mit beiden Händen vors Gesicht, stand auf und verschwand. Er winkte den Kellner heran.

Ich riß mich von dem Bild los, um unsere Rechnung zu ordern. Sollten die beiden gleich verschwinden, konnten wir ihnen vielleicht folgen und doch noch etwas mehr herausfinden.

Nachdem Frau Kellermann zurückgekehrt war, servierte der Ober jedoch zwei Espresso. Nun saß sie betont gerade, legte nur wieder den Kopf etwas zur Seite.

»Beziehungsstreß«, meinte Andreas.

»Anscheinend«, stimmte ich zu.

Die Kellnerin war an unseren Tisch getreten, und Andy bezahlte.

Während wir noch überlegten, ob man vielleicht vom Bürgersteig aus mehr sehen könnte, erhoben sich die beiden gegenüber und schickten sich an, das Lokal zu verlassen. Schnell tranken wir unser Bier aus und warteten, bis sie auf der Straße standen, dann folgten wir ihnen. Kellermann trug ein wunderschönes, nachtblaues Kleid. Sie hatte sich bei Kupfer eingehängt, und langsam schlenderten die beiden in Richtung Alaunpark. So leise wie möglich näherten wir uns ihnen.

»Nein, Monika. Am Sonntag werde ich mit Jörg rausfahren«, verstand ich.

»Aber wir verbringen kaum noch Zeit miteinander!« sagte sie sehr viel lauter, wenn auch ihre Stimme zum Ende des Satzes, als sei sie über sich selbst erschrocken, leiser wurde. Sie faßte seinen Arm fester.

Ein aufgetakeltes Cabriolet röhrte an uns vorbei, so daß für einen Moment überhaupt nichts zu hören war.

»… waren wir uns doch einig, daß wir ein wenig Distanz wollen.« Seine Stimme klang angespannt.

Beide wandten sich um und schauten nach links und rechts, bevor sie die Straße überquerten. Frau Kellermann blickte mir dabei direkt ins Gesicht, schien mich aber nicht zu erkennen. Wir verloren jedoch wertvolle Sekunden, bis wir ihnen wieder unauffällig folgen konnten.

»Schon gut, es läuft doch alles prima.« Kupfer schien sie nun beruhigen zu wollen. In diesem Moment verharrten sie auch schon vor einem großen, grauen Mercedes. Er ließ zuerst sie einsteigen, setzte sich dann auf den Fahrersitz. Kurz darauf fuhren sie an uns vorbei. Wir hatten uns rechtzeitig in den Arm genommen und küßten uns.

»Sie sitzt da wie in einem Schraubstock«, kommentierte Andy. »Vielleicht hat sie ja auch die Nacht auf dem Fußboden verbracht.«

Ich überlegte, wo der nächste Taxistand war, entschied dann jedoch, daß es sinnlos war. Außerdem, was sollten wir tun, wenn wir ihnen bis nach Hause gefolgt waren? Höchstens herausfinden, ob sie zusammenwohnten.

»Die beiden sind ein Paar, soviel scheint festzustehen«, sagte Andreas, während wir Arm in Arm die Görlitzer Straße zurückgingen.

»Allerdings ein ziemlich ungleiches. Mitten in der Trennung vielleicht.«

»Meinst du?«

»Ja. Vielleicht ist sie auch seine Geliebte, und er hat noch Familie. Dann könnte Jörg, mit dem er am Sonntag ins Grüne fahren will, sein Sohn sein.«

»Das glaube ich auch, aber es hörte sich eher an, als sei er geschieden.«

Ich zuckte die Schultern. »Stimmt. Ist genauso möglich. Auf jeden Fall will er sich abgrenzen.«

Nachdenklich stimmte er mir zu. »Aber was auch immer die beiden privat miteinander haben, auf jeden Fall wäre es vorstellbar, daß sie gemeinsam krumme Geschäfte in der ›Kamelie‹ machen.«

»Mark hat ja auch ausdrücklich von Kupfer und Kellermann als den ›Chefs‹ gesprochen. Wenn die alles dort unter Kontrolle haben, können sie natürlich auch gut alles mögliche in die Wege leiten und so den einen oder anderen Tausender auf ihr Konto fließen lassen.«

An der Ecke zur Louisenstraße herrschte fast Volksfeststimmung. Sämtliche Stühle vor dem »Kontinental« waren belegt. Ein Trupp junger Mädchen stand mitten auf dem Bürgersteig und alberte herum. Es würde eine jener ausgelassenen Neustadt-Nächte werden.

Andy blieb stehen. »Oder auch etwas mehr. Hast du eine Ahnung, was so ein Mercedes kostet? Alleine das Essen gerade ...«

»Die Klamotten der beiden waren auch nicht ohne.« Ich zog ihn um die Gruppe herum und über die Louisenstraße. »Andererseits wird ein Geschäftsführer von solch einem Nobelaltersheim auch nicht gerade schlecht verdienen.«

Wir hatten Glück. Hantzsche war am Samstagvormittag in seinem Büro. Wie er da in einem uralten kurzärmeligen Hemd ruhig hinter seinem Schreibtisch thronte, wirkte er mehr denn je wie eine Mischung aus Buddha und Bauarbeiter. Ich holte das Taschentuch mit der Scherbe und die Kaffeetasse aus Dales Spülmaschine hervor. Der Kommissar blickte mich aufmerksam an.

»Ich weiß, daß Sie gesagt haben, die Kollegen hätten alles im Haus von Herrn Ingram untersucht. Wäre es möglich, trotzdem diese beiden Lippenstiftspuren im Labor zu vergleichen?«

»Haben Sie doch wieder nach eigenem Gutdünken herumgeforscht?«

»Es war ein bißchen anders«, schaltete Andy sich ein und berichtete von Ria Meyerhofs Angebot.

Hantzsche nickte nur, ohne sich anmerken zu lassen, was er von dem Vorfall hielt.

»Ich dachte bei diesem Termin zum zweiten Mal, daß ihr Lippenstift derselbe sein könnte wie der auf dieser Tasse, die an einer Stelle in Herrn Ingrams Spülmaschine stand, wo er sie nicht hinstellen würde«, erklärte ich. »Und als ich eine Gelegenheit hatte, diese Probe von Frau Meyerhof zu bekommen, habe ich die genutzt.«

Ein Lächeln spielte auf Hantzsches Lippen. »So, so. Sie hatten eine Gelegenheit.«

»Dale hat ja definitiv in dem Fall ermittelt. Also dachte ich, man sollte das doch einmal untersuchen.« Ich spürte, wie ich angesichts der Lethargie des Kommissars aggressiv wurde, beruhigte mich jedoch etwas, als er mir mit einem Nicken zustimmte.

»Gehen Sie denn jetzt auch davon aus, daß der Anschlag auf Herrn Ingram etwas mit den Überfällen und Diebstählen zu tun haben könnte?« fragte Andreas noch einmal direkt nach.

»Nu, es schaut so aus, als wenn die Kollegen den Notizen von Herrn Ingram schon etliche Hinweise auf diesen Fall verdanken. Umgekehrt ist es dann natürlich auch denkbar, daß versucht werden sollte, ihn auszuschalten – entschuldigen Sie.«

Ich nickte. Mit seiner Wortwahl konnte ich umgehen. Hauptsache, er tat nun endlich etwas.

»Ist denn der Fall jetzt gelöst? Können Sie uns dazu etwas sagen?« wollte Andy wissen.

Hantzsche verschränkte die Hände vor dem dicken

Bauch. »Bedaure. Da es nicht mein Fall ist, kann ich keine Auskunft erteilen. Ich kann Sie nur noch einmal eindringlich warnen, die Finger von der Angelegenheit zu lassen. Stehen Sie noch in Kontakt mit dieser Frau Meyerhof?«

»Ich habe ihr gesagt, ich würde mich in den nächsten Tagen melden.«

»Lassen Sie das, und wenn die Dame sich noch einmal an Sie wendet, geben Sie an, Sie hätten kein Interesse mehr. Haben wir uns verstanden?«

Andreas nickte. »Aber Sie ermitteln jetzt auch wegen des Anschlags auf Herrn Ingram?«

»Wir schauen mal, was diese Lippenstiftspur hergibt.«

Wenn der Kommissar doch einmal etwas mehr Engagement zeigen würde! Andererseits: War nicht ohnehin alles zu spät? Was wurde aus Dale? Am Montag lag er seit zwei Wochen im Koma. Meine positive Stimmung von gestern abend war wieder verpufft. Ich hatte Angst, überhaupt noch einmal ins Krankenhaus zu gehen, dachte, ich könnte seinen Anblick nicht mehr ertragen. Müde schüttelte ich den Kopf, als Andreas auf der Straße vor dem Polizeipräsidium fragte, ob ich noch bei Dale vorbeischauen wollte.

»Nein. Laß uns nach Hause gehen!«

Am Nachmittag stürzte ich mich auf die Arbeit in der Wohnung, baute gemeinsam mit Andreas ein weiteres Regal und einen neuen Kleiderschrank auf, holte meine frischen Sachen aus den Reisetaschen und hängte sie auf.

Dann fuhr ich in die Antonstraße. Eigentlich wollte ich Bücher und CDs holen, als ich jedoch durch das Haus ging, brachte ich es nicht fertig, etwas einzupacken. Es kam mir vor, als wäre ich zum Plündern gekommen. Ich ließ den Blick über meine Bücherregale schweifen, zog schließlich ein Fotoalbum heraus, das ich angelegt hatte, als ich Dale gerade ein halbes Jahr kannte. Ich preßte es an mich und ging hinunter ins Wohnzimmer, wo ich lange an der Tür zum Garten stand und hinausstarrte, ohne das Album loszulassen.

Die Traurigkeit, die ich fühlte, war mit nichts vergleichbar. Mein jahrelanges Hin und Her zwischen Dale und Andreas erschien mir nun geradezu obszön banal. Wenn Dale bloß leben würde.

Während ich mit der linken Hand noch immer den Fotoband krampfhaft festhielt, legte ich mit der rechten eine von seinen alten Billie-Holiday-Schallplatten auf. »The memory of our love – they can't take that away from me«, sang Billie, und »we may never, never meet again.« Ich stand vor dem Plattenspieler und krümmte mich schluchzend. »The way you changed my life ...« Ich schrie laut auf, ließ mich auf den Holzboden fallen und schlug mit den Fäusten auf den Boden, froh über den körperlichen Schmerz, den ich dabei empfand.

Endlich beruhigte ich mich ein wenig. Ich goß mir aus unserer kleinen Bar einen Cognac ein, den ich langsam trank. Dann ging ich ins Bad, um mein Gesicht zu waschen und die Haare in Ordnung zu bringen. Die Frau, die mich im Spiegel ansah, war mir fremd in ihrer mühsam beherrschten Trauer. Ich biß die Zähne zusammen und zupfte an meinem T-Shirt-Ausschnitt herum.

Als ich die Haustür abschloß, kam es mir vor, als nähme ich endgültig Abschied.

Mark hatte anscheinend versucht, seine Kleidung meinem Alter anzupassen. Er trug eine normale, gerade geschnittene Jeans, in der er sehr viel schmaler aussah als sonst, und ein schlichtes weißes T-Shirt. Ich hatte ein langes schwarzes Viskosekleid angezogen, passend zu meiner

Stimmung. Eigentlich wollte ich die Verabredung absagen, Andreas überredete mich jedoch, sie wahrzunehmen. Also hatte ich geduscht, mich sorgfältig geschminkt und war wie eine Schlafwandlerin quer durch die Neustadt ins Hechtviertel gelaufen, zwischen dessen nicht renovierten Häusern ich mich auf wundersame Weise aufgehoben fühlte. Nun, als ich dem Jungen an einem der schönen, schlichten Holztische im »Leonardo« gegenübersaß, dachte ich, daß ich ihm heute abend reinen Wein einschenken sollte.

Er kam noch immer nicht über seine Versetzung hinweg: »Zwei Monate vor Ende des Zivis macht das doch überhaupt keinen Sinn. Eigentlich habe ich mich jetzt bei den alten Leutchen ja auch ganz wohl gefühlt.«

»Hast du mal beim zuständigen Amt nachgefragt, warum das jetzt noch sein soll?«

Er schüttelte den Kopf. »Machen kannst du doch da ohnehin nichts mehr.«

Und wer im Hintergrund die Fäden gezogen hatte, würde man wahrscheinlich auch nicht erfahren, dachte ich. Laut fragte ich ihn erst einmal, was er essen wollte. Wir bestellten zwei Nudelaufläufe, dann hob ich mein Glas und prostete ihm zu.

»Hattest du vielleicht doch irgend etwas mitbekommen vom Betrieb in der ›Kamelie‹, was nicht für dich bestimmt war?«

»Ich wüßte nicht, was. Ich habe übrigens gestern noch mal nachgefragt und herausgefunden, daß Frau Markewitz aus der Pflegeabteilung alleinstehend ist. Das war aber auch der einzige Treffer.«

Erwartungsvoll blickte er mich an, und ich dachte, daß das der richtige Zeitpunkt war, ihm zu erklären, warum ich diese Informationen haben wollte.

»Prima, ich danke dir. Wo du jetzt nicht mehr zu dem Betrieb gehörst, solltest du etwas wissen.« Ich holte tief Luft und sagte dann schnell: »Ich bin gar nicht die Großnichte von Herbert Paulus, ich bin Journalistin und vermute, daß in der ›Kamelie‹ krumme Geschäfte gemacht werden. Deshalb habe ich mich dort quasi eingeschlichen.«

Das war zwar nicht ganz die Wahrheit, aber zumindest der aktuelle Stand.

Mark reagierte ziemlich cool. »So was habe ich mir schon gedacht. Ist ja aufregend. Und wie geht es jetzt weiter?«

»Tja, wenn ich das wüßte.« Ich schaute aus dem Fenster, vor dem in diesem Augenblick Andy den Golf in zweiter Reihe abstellte. Er sprang heraus und stürmte in das Restaurant.

»Dale ist bei Bewußtsein! Das Krankenhaus hat gerade angerufen.«

»Was?« Ich umklammerte die Tischplatte und starrte ihn an, ohne zu begreifen.

»Dale ist aufgewacht. Komm, ich bringe dich hin! Entschuldige«, sagte er an Mark gewandt. »Ein guter Freund von Kimberly« – »Kirsten«, schob ich fast tonlos ein – »lag fast zwei Wochen im Koma und ist vor einer Stunde aufgewacht.«

Mark schien schneller zu begreifen als ich. »Dann hau ab! Ich ruf dich morgen an.«

Andy zog mich förmlich hoch und legte, während ich noch ratlos herumstotterte, zwanzig Euro auf den Tisch. Kurz darauf saßen wir im Auto und rasten in Richtung Johannstadt.

10. Kapitel

»Ganz ruhig. Sind Sie in Ordnung? Ich hoffe, Sie sind nicht selbst Auto gefahren.« Der nette, junge Arzt blickte mich besorgt an. Ich schüttelte den Kopf und dachte dabei, daß die Fahrt mit Andy nicht unbedingt sicherer gewesen war. Er hatte mich vor dem Haupteingang abgesetzt, von wo aus ich über das Gelände gestolpert war, während er den Golf parkte.

»Ich bin in Ordnung. Ist er wieder richtig zu sich gekommen? Kann ich ihn sehen?«

»Ja, Sie können gleich kurz zu ihm, aber erwarten Sie nicht zu viel. Bei vollem Bewußtsein ist er längst noch nicht.«

Immerhin erkannte Dale mich, als er nach endlosen Minuten, in denen er nur den Kopf von einer Seite zur anderen drehte und mit seiner rechten Hand unkoordiniert auf der Bettdecke herumfuhr, für einen kurzen Moment die Augen aufmachte. Danach zog er die Mundwinkel ganz leicht nach oben, öffnete die Lippen, als wollte er etwas sagen. Ich hielt mein Ohr ganz dicht an sein Gesicht, konnte jedoch nichts verstehen.

»Laß dir Zeit! Es ist alles in Ordnung.« Meine Stimme zitterte, und ich begann haltlos zu weinen. Dabei streichelte ich die ganze Zeit über seinen Handrücken und versicherte ihm zwischen meinen Schluchzern immer wieder, daß alles gut werden würde.

Viel zu schnell kehrte der Arzt zurück und schickte mich hinaus.

»Er ist noch sehr schwach. Wahrscheinlich sind die Nieren angegriffen. Seine Leberwerte müssen wir uns auch noch mal anschauen, aber er ist definitiv über den Berg. Wahrscheinlich wird er wieder ganz gesund.«

Ich hatte das Gefühl, daß mir die Beine wegsackten, als ich auf den Flur trat, wo Andreas wartete. Er faßte mich fest um die Seite und führte mich die Treppe hinunter.

Am nächsten Morgen fuhr ich direkt nach dem Frühstück wieder in die Klinik. Vor Dales Zimmertür saß ein uniformierter Beamter, der meinen Ausweis sehen wollte, bevor er mich zu ihm ließ.

Sein Zustand hatte sich kaum geändert. Der Arzt erlaubte jedoch, daß ich zwei Stunden an seinem Bett sitzen durfte. Nun fiel es mir auf einmal ganz leicht zu reden. Ich plapperte nur so drauflos, über das schöne Frühlingswetter, einen Clown, der mir im Krankenhausflur begegnet war, das Unkraut im Garten seines Hauses. Über mich und Andreas sagte ich nichts, genausowenig, wie ich über die Zukunft sprach. Ich behauptete nur in regelmäßigen Abständen, daß alles in Ordnung sei.

Immer häufiger öffnete Dale die Augen und erkannte mich auch. Wenn er versuchte zu sprechen, drangen jedoch nur schwache Geräusche aus seinem Mund. Der Arzt beruhigte mich, das sei normal nach solch einer langen Zeit im Koma.

Andy sah ich an diesem Sonntag und an den folgenden Tagen kaum. Ich verbrachte so viel Zeit wie möglich bei Dale und kümmerte mich ansonsten ausgiebig um den Haushalt. Wahrscheinlich wollte ich so mein schlechtes Gewissen Andreas gegenüber besänftigen, der in meinen Gedanken kaum noch eine Rolle spielte.

Er schien ständig unterwegs zu sein, und wenn er zu Hause war, arbeitete er. Auf seinem Schreibtisch türmten sich die Unterlagen. Oft lief auf dem Rechner der Bildschirmschoner, wenn ich zwischen zwei Krankenhausbesuchen in unsere Wohnung kam. Er hatte mich um sämtliche Unterlagen über die »Kamelie« gebeten und schien sich voll und ganz in die Geschichte gestürzt zu haben.

Die Laboruntersuchungen von Dales Nieren- und Leberwerten brachten die letzte Bestätigung. Offensichtlich hatte sein Körper es geschafft, die Vergiftung fast komplett abzubauen. Er sollte in den nächsten Wochen noch eine spezielle Diät einhalten, nichts scharf Gewürztes essen, keinen Alkohol trinken. Das sei jedoch mehr eine Vorsichtsmaßnahme, erklärte mir eine Schwester.

Am Dienstag lag er in einem kleinen Einzelzimmer. Sämtliche Schläuche waren entfernt worden, wenn er auch an der linken Hand nach wie vor eine Kanüle hatte. Auf dem Nachttisch stand jedoch schon ein Glas Wasser. Nun waren seine wachen Perioden einige Minuten lang, und das erste Mal konnte ich mit einiger Anstrengung verstehen, daß er meinen Namen flüsterte. Am Nachmittag, nachdem er mit meiner Hilfe bereits einige Löffel Suppe gegessen hatte, meinte ich dann, »blonde Frau« zu hören. Elektrisiert sprang ich auf und lief an dem Uniformierten vorbei in die Eingangshalle, rief Kommissar Hantzsche an, der ohnehin darauf wartete, daß er Dale befragen könnte.

»Ich glaube nicht, daß Herr Ingram schon mehr sprechen kann, aber er hat gerade ›blonde Frau‹ gesagt. Damit könnte er Ria Meyerhof meinen!«

»Ich komme sofort«, erwiderte Hantzsche mit ungewohnter Eile.

Schon wenig später betrat der Kommissar das Zimmer und stellte nach der Begrüßung ganz konkrete Fragen. Die wichtigste lautete, ob jemand versucht habe, ihn umzubringen. Ich hielt die Luft an. Obwohl ich mittlerweile auch fest davon ausgegangen war, hatte ich mich nicht getraut, danach zu fragen.

Dale schloß die Augen, dann gab er einen bejahenden Laut von sich. Ich krallte die Finger durch den Baumwollstoff meines Rocks in die Oberschenkel und stöhnte vor Erleichterung auf.

»Kannten Sie die Person?«

Wieder gab es eine Pause, dann war ein schwaches Nein zu hören. Ein wenig später flüsterte er wieder »blonde Frau«. Dann kam auch schon die Schwester, um den Kommissar hinauszuwerfen.

»Es ist viel zu früh für eine Vernehmung«, sagte sie mit vorwurfsvollem Unterton auf dem Flur.

»Das ist keine Vernehmung«, brummelte der Kommissar. »Im übrigen war der Mann selbst früher Polizist und weiß, wie wichtig seine Hinweise sind.«

Nachdem die Schwester kopfschüttelnd gegangen war, wandte er sich zu mir: »Was auch immer er Ihnen sagt, geben Sie bitte alles sofort an mich weiter. Sie können sich auch jederzeit an die Beamten vor dem Zimmer wenden.« Er machte eine Pause, sah mich nachdenklich an. »Guddi, als nächstes muß ich schauen, ob er Frau Meyerhof identifizieren kann. Vielleicht bekomme ich ein Foto von der Frau.«

»Andreas – Herr Rönn – hat ein Foto gemacht«, sagte ich. »Ich weiß nur nicht, ob der Film schon entwickelt ist. Haben Sie das Laborergebnis von den Lippenstiftspuren schon?«

»Ich warte darauf. Eigentlich müßte ich es noch heute erhalten.«

Wie langsam das alles ging! »Und eine Vernehmung oder eine Hausdurchsuchung?«

»Eins nach dem anderen. Machen Sie sich mal keine

Sorgen, das geht alles seinen Gang. Ich werde Herrn Rönn wegen des Fotos anrufen.«

Während er sich den Flur hinab bewegte, ballte ich meine Hände so fest zu Fäusten, daß es weh tat. Ich hätte schreien können vor Ungeduld. Aber gut, die Hauptsache war, daß Dale wieder ganz gesund wurde.

In dieser Nacht kam Andreas nicht nach Hause. Ich war lange im Krankenhaus geblieben und dann früh schlafen gegangen, so daß ich erst am Mittwochmorgen merkte, daß er noch immer nicht neben mir lag. Ich überlegte, ob er gesagt hatte, wohin er wollte, konnte mich aber an nichts erinnern. Wir hatten in den letzten Tagen ja kaum miteinander gesprochen. Schon am Montag war er aber recht spät nach Hause gekommen, fiel mir ein.

Als er um neun Uhr noch immer nicht da war und auch nicht angerufen hatte, wurde ich langsam nervös. Das Handy hatte er anscheinend dabei, es war jedoch abgestellt. Dreimal hatte ich bereits auf die Mailbox gesprochen. Nun polierte ich das gespülte Geschirr und überlegte, was ich tun könnte. Ich ging ins Arbeitszimmer und nahm das Chaos auf seinem Schreibtisch unter die Lupe. Obenauf lag ein Zettel mit Uta Paulus' Telefonnummer, durch mehrere dicke Balken eingerahmt, jedoch ohne weitere Bemerkungen. Darunter fand ich meine Notizen von dem Gespräch mit der Pressesprecherin vom Amtsgericht; der umkringelten »11« für die Anzahl der Betreuungen in der »Kamelie« war eine »14« gegenübergestellt, dahinter stand ein Fragezeichen. Hatte er herausgefunden, daß es vierzehn Menschen waren, die in der »Kamelie« eigentlich eine Betreuung hätten haben müssen?

Verdammt, wie weit war Andy gegangen? Unten auf der Seite standen zwei Adressen: von Hermann Kupfer und Monika Kellermann. Ich griff zum Telefon und rief Hantzsche an.

»Nun, Sie wissen bestimmt, daß offiziell erst etwas unternommen wird, wenn eine vermißte Person vierundzwanzig Stunden abgängig ist.«

»Aber Andreas Rönn hat wegen der fehlenden Betreuungen in dem Altenheim recherchiert. Sie wissen schon, diese andere Geschichte … Und vielleicht hat er ja doch noch einmal Frau Meyerhof angerufen.« Gleichzeitig dachte ich: Nein, das macht er nicht, so verrückt ist er nicht.

Der Kommissar seufzte laut auf. »Ich dachte, Sie würden jetzt beide die Finger von den Schnüffeleien lassen.«

»Ja«, erwiderte ich kleinlaut.

Hantzsche versprach, Andys Beschreibung an alle Streifenpolizisten durchzugeben. Ich überlegte, ob ich zur »Kamelie« fahren sollte, um dort nach ihm zu fragen, blieb dann jedoch mit dem Autoschlüssel in der Hand im Flur stehen. Wieso sollte er jetzt dort sein? Und wenn er in der Zwischenzeit hier anrief? Dale würde sich fragen, wo ich blieb, nachdem ich in den vergangenen Tagen immer schon vor neun Uhr bei ihm gewesen war.

Verdammt, das durfte doch nicht wahr sein! Warum hatte ich mich auch kaum dafür interessiert, was Andy trieb? Ich war so glücklich gewesen, daß es Dale wieder besser ging. Es sähe Andreas ähnlich, sich – und mir – in dieser Situation etwas beweisen zu wollen. Wenn er bloß nicht bei der Meyerhof angerufen und sich mit ihr getroffen hatte!

Ich mußte irgend etwas tun. Gerade hatte ich das Telefon in die Hand genommen, um bei den Notaufnahmen der Krankenhäuser anzurufen, als ich im Flur ein Geräusch hörte.

Ich stürzte aus dem Arbeitszimmer zur Wohnungstür

und riß sie auf. Andreas stolperte auf mich zu. Er sah fürchterlich aus, das bemerkte ich sogar in dem schwachen Licht, das aus der Küche in den Flur drang. In der rechten Hand hielt er noch seinen Schlüssel, er grinste mich hilflos an und zupfte mit der Linken fahrig an seinem Hemd herum, das aus der Hose hing.

»Verdammt, wo warst du? Bist du besoffen?«

Wieder dieses Grinsen, er strich sich über die Stirn.

»Weiß nicht.« Die Stimme klang schleppend.

»Was, du weißt es nicht?« Ich zog ihn endgültig in die Wohnung und bugsierte ihn in der Küche auf einen Stuhl. Während ich die Kaffeemaschine in Betrieb setzte, sank sein Kopf auf die Tischplatte. Seine Sachen waren dreckverschmiert. In den kurzen blonden Haaren bemerkte ich ein Blatt und darunter eine Riesenbeule.

»Mensch, Andy!« Ich fuhr ihm mit der Hand über den Hinterkopf. »Du bist verletzt. Soll ich einen Arzt anrufen?«

»Nein, nein. Ich bin okay.« Mühsam hatte er den Kopf wieder angehoben. »Kupfer ist schwul.«

»Ja und? Was hat das mit deinem Zustand zu tun? Hat dich jemand niedergeschlagen?«

Er nickte kaum merklich, und ich drückte ihm einen Becher Kaffee in die Hand. Andy trank schluckweise, und ich verstand nach und nach, daß er in einem Schwulenclub in der Altstadt gewesen war, bis zu dem er am Montag den Chef der »Kamelie« verfolgt hatte, um sich dort umzuhören.

»Da habe ich lange gesessen und versucht, was herauszufinden. Irgendwann mußte ich auf Toilette – und da hat mir einer von hinten eins übergezogen. Man hat mich für einen Erpresser gehalten.« Er schob den Kaffee von sich und tastete vorsichtig an seinem Kopf herum. Ich wollte fragen, warum er für einen Erpresser gehalten werden konnte, aber er fuhr fort: »Und Wodka haben sie mir auch eingeflößt. Irgendwann heute morgen bin ich am Hygiene-Museum wach geworden. Neben mir lag eine halbvolle Flasche.« Er stöhnte leise und stützte den Kopf schwer in die Hände.

»Du mußt untersucht werden Wahrscheinlich hast du eine Gehirnerschütterung.«

Andy versuchte, den Kopf zu schütteln, hielt jedoch sofort inne. »Ich muß nur ein paar Stunden schlafen.«

Ich war zwar noch skeptisch, half ihm jedoch im Schlafzimmer, sich auszuziehen, zupfte Blätter und Gräser aus seinen Haaren und zog die Vorhänge zu. Noch bevor ich den Raum verlassen hatte, schlief er tief und fest.

Am frühen Nachmittag stand Hantzsche vor der Tür. Zweimal hatte ich ihn telefonisch vertrösten können, ich würde mich melden, wenn Herr Rönn wieder wach sei, war in der Zwischenzeit nach Johannstadt gerast, um Dale zu sehen und kam mir nun vor wie innerlich zerrissen.

Dale hatte geschlafen, so daß ich ihm nur einen Kuß auf die Stirn gegeben und versprochen hatte, am Abend noch einmal wiederzukommen. Andreas schlief auch noch immer, öffnete jedoch die Augen, als ich durch die Tür schaute. Sein Blick war sehr viel klarer als vor Stunden. Wenige Minuten später saß er dem Kommissar in der Küche gegenüber.

»Wollen Sie Anzeige erstatten?« fragte Hantzsche.

Andy zuckte die Schultern, rieb sich die Schläfen und blickte sehnsüchtig auf die Kaffeemaschine. »Würde es Sinn machen?«

»Wenn Sie nicht wenigstens einen konkreten Verdacht haben, wer Sie niedergeschlagen hat, kaum.«

»Ich habe mit so vielen da gesprochen.«

»Was ist das für ein Club?«

»Die ›Spielmaus‹ an der Petersburger Straße, direkt am Hygiene-Museum. Ich weiß nicht, es war die erste Schwulenbar, in der ich jemals gewesen bin.« Er lächelte und fuhr sich mit der Hand an die Beule. »Vorne eine normale Kneipe, einige Nischen, unten im Keller dann ein Raum, in dem es anscheinend richtig zur Sache geht. Scheußliche Musik.«

»Und über was haben Sie sich mit den Gästen unterhalten?« Hantzsche war alles andere als begeistert über Andreas' Aktion, das war ihm deutlich anzusehen. In mir tobte eine Mischung aus schlechtem Gewissen, Mitgefühl und Wut, weil Andy es immer wieder schaffte, sich in solche Situationen zu manövrieren. Als ich ihm seinen Kaffeebecher reichte, blickte er mich allerdings so dankbar an, daß mein Ärger verrauchte. Er stützte seinen Kopf auf, bevor er trank, wahrscheinlich hatte er noch Schmerzen.

»Ich habe versucht, unauffällig nach Herrn Kupfer, dem Geschäftsführer der ›Kamelie‹ zu fragen.«

»Anscheinend nicht besonders erfolgreich. Wie kamen Sie auf die Idee, daß das Sexualleben dieses Herrn etwas mit irgendwelchen Vormundschaften zu tun haben könnte?«

Wieder hob Andy den Kaffeebecher an den Mund, bevor er sprach. »Ich habe einfach überall nachgebohrt. Es scheint klar zu sein, daß in diesem Haus zu wenig Betreuungen bestehen. Es gibt elf, und nach allem, was man als Laie sagen kann, müßten es vierzehn sein.« Der Kommissar fragte nicht nach, woher er das wußte. »Und wir dachten, die beiden Chefs – Kupfer und Kellermann – bereichern sich, aber auch, daß sie ein Paar sind.«

Er schien sich selbst zu fragen, ob dieser Satz Sinn machte, wollte noch etwas anfügen, doch Hantzsche unterbrach ihn barsch: »Ich dachte, ich hätte mich klar ausgedrückt, was Ihre Nachforschungen angeht. Aber anscheinend haben Sie ja die Quittung für Ihr eigenmächtiges Verhalten bekommen. Gibt es also noch etwas, was ich wissen sollte?« Er saß sehr gerade, während er Andy taxierte, der mit ausgestreckten Beinen fast auf dem Stuhl lag. Damit hatte er dessen Mitteilungsbereitschaft klar gekappt. Nachdem er nur ein angedeutetes Kopfschütteln als Antwort erhalten hatte, fuhr der Kommissar fort: »Guddi, dann werde ich mich noch einmal mit dem Betrugsdezernat ins Benehmen setzen. Ich hatte die Kollegen schon nach unserem Gespräch am Donnerstag informiert, mal schauen. Und Sie bleiben besser im Bett. Da können Sie am wenigsten Unfug anstellen.«

Ich brachte Hantzsche zur Tür und fragte nach der Laboruntersuchung der Lippenstiftproben.

»Negativ. Ich habe Frau Meyerhof trotzdem vernommen, und für den Abend des Anschlags auf Ihren Freund«, seine Betonung fand ich schon etwas unverschämt, »hat sie kein Alibi. Ich habe sie deshalb erst einmal festgesetzt und wollte Herrn Ingram nach Möglichkeit noch heute ein Foto von ihr vorlegen. Vielleicht erkennt er sie ja.«

»Ach ja, das Foto.« Ich ließ die Türklinke los.

»Nein, nein. Ich habe mir schon eines besorgt. Doch noch etwas: Als ich bei den Kollegen, die den Fall bearbeiten, wegen Frau Meyerhof nachgefragt habe, wurde mir unter anderem eine Personenüberprüfung vorgelegt. Es ging um eine gewisse Kirsten Bertram.« Ich holte Luft, um den Satz zu kommentieren, entschied mich dann jedoch dagegen. »Ich hoffe wirklich, Sie haben nun beide genug vom Detektiv-Spielen.« Damit zog er die Tür auf und verschwand.

Andy war schon wieder fast eingeschlafen. Als ich ihm die Kaffeetasse aus der Hand nahm, öffnete er mühsam die Augen: »Ich muß gleich noch mal in die ›Kamelie‹. Kommst du mit?«

»Spinnst du jetzt völlig? Du gehst sofort wieder ins Bett!«

Er versuchte, sich aufzurichten. »O nein. Die haben so eindeutig Dreck am Stecken. Marks Stelle war bis gestern noch nicht neu besetzt. Warum sollten die wohl einer Versetzung zugestimmt haben, wenn sie keinen Ersatz kriegen?«

»Wahrscheinlich hatten sie Angst, daß Mark mir schon zuviel erzählt hat.« Andy nickte und schenkte sich den restlichen Kaffee ein. »Aber das wird nun alles die Polizei klären.«

»Ach ja? Was hat Hantzsche gesagt? Am Donnerstag hat er das Betrugsdezernat informiert – was ist heute?« Er schloß die Augen. »Mittwoch. Das heißt, die haben eine Woche lang nichts gemacht.«

»Und du?« Ich versuchte ihn abzulenken. Es war offensichtlich, daß er noch Kopfschmerzen hatte und sich nur schwer konzentrieren konnte. Ich wollte auf keinen Fall, daß er in diesem Zustand gleich wieder losstürmte. »Warum meinst du, die in der Bar haben dich für einen Erpresser gehalten?«

Andy zuckte die Schultern. »Weil es der Typ gesagt hat: ›Erpresser mögen wir hier nicht‹ – und dann habe ich auch schon Sterne gesehen.« Er grinste schwach. »Dabei dachte ich, ich hätte es vorher an der Theke geschickt angestellt. Ich habe gesagt, die ›Spielmaus‹ hätte mir ein alter Bekannter empfohlen, Herrmann Kupfer, den ich aber jetzt schon lange nicht mehr gesehen hätte. Ob er denn noch regelmäßig herkäme. Das hat mir einer auch bestätigt. Dann sagte ich, ich hätte gehört, es würde Kupfer mittlerweile geschäftlich richtig gut gehen. Das hat wohl einer falsch verstanden.« Wieder tastete er nach seiner Beule.

Ich ging ins Bad, tränkte ein Handtuch mit kaltem Wasser und legte es ihm auf den Hinterkopf. Dann goß ich Mineralwasser ein.

»Trink lieber Wasser statt Kaffee. Aber warum dann noch der Wodka?«

»Keine Ahnung. Vielleicht, damit ich mich an keine Gesichter erinnere.«

»Und?«

Andy zuckte nur leicht die Achseln und trank einen Schluck.

»Was hast du sonst noch in den letzten Tagen herausgefunden?«

»Nicht viel. Ein bißchen Hintergrund von Kupfer und Kellermann. Die beiden arbeiten seit 1990 zusammen in Dresden – zuerst bei der Caritas.« Er streckte sich noch einmal. »Ansonsten habe ich eben versucht, an allen Ecken ein wenig herumzustochern. Uta Paulus ist nie erreichbar. Wahrscheinlich ist sie ein paar Tage weggefahren, weil sie glaubt, daß ihr Fall hier von einer erfahrenen Detektivin bearbeitet wird.« Ich schnitt eine Grimasse. »Auf den beiden Pflegestationen der ›Kamelie‹ hab ich mich so lange herumgetrieben, bis ich sicher war, daß vierzehn Menschen eine Betreuung bräuchten. Ein Flirtversuch mit der Sekretärin von Kupfer hat mir leider keinen Einblick in die Unterlagen verschafft –«

»Aber vielleicht hat er dafür gesorgt, daß du dort richtig aufgefallen bist.«

Andreas zuckte wieder die Schultern. »Kann sein. Ich dachte mir auf jeden Fall, es könnte nicht schaden, dort einmal alle ein bißchen aufzuscheuchen. Deshalb habe ich auch Frau Langhammer angerufen und gesagt, deine Tante hätte immer von einem uralten Fotoalbum erzählt. Ob sie uns wohl die Freude machen und es der Familie überlassen würde.«

Ich schüttelte den Kopf. »Uta Paulus kannte die Familie gar nicht. Wolfgang Paulus ist doch erst vor einem halben Jahr wieder hierhin gekommen.«

»Siehst du, das wußte sie überhaupt nicht. Sie sagte, sie würde einmal nachschauen und uns dann Bescheid geben.« Andy schloß wieder die Augen. »Ja, und dann dachte ich, ich sollte noch ein bißchen richtig Detektiv spielen und habe am Montag Kupfers Wohnung ausspioniert.«

»Woher hattest du die Adresse?«

»Ich habe die Sekretärin gefragt, ob es stimmen würde, daß Herr Kupfer direkt im Nebenhaus wohnen würde. Daraufhin sagte sie, das würden viele denken, er hätte aber eine Wohnung in einer Parallelstraße. Dann mußte ich nur noch das Telefonbuch checken.«

»Und von da hast du ihn dann das erste Mal zu diesem Schwulenclub verfolgt.«

»Ja. Seine Wohnung liegt im Erdgeschoß einer herrlichen Villa in der Reinickstraße. Ich habe fast eine Stunde im Auto davor gesessen und mich zu Tode gelangweilt, bis er den Mercedes aus einer Garage an der Seite geholt hat und in die Innenstadt gefahren ist. Da ich keine Ahnung hatte, was für ein Club das ist, bin ich am Montag lieber nicht rein. Gestern hab ich vorher bei Kupfer angerufen, um sicherzugehen, daß ich ihm dort nicht begegne.«

»Damit stellt sich die Frage, ob Kupfer und Kellermann tatsächlich beide von dem Betrug profitieren. Eine Beziehung haben sie dann ja wohl nicht.«

Andy nickte. »Das hab ich mir auch gedacht. Kellermanns Wohnung habe ich mir gestern am frühen Abend angeschaut. Das war nicht so einfach, denn sie steht nicht im Telefonbuch. Also bin ich ihr nach Feierabend gefolgt. Sie wohnt ganz hier in der Nähe, Forststraße. Alleine und nach allem, was ich sehen konnte, auch längst nicht so feudal wie er.« Er schob sich in dem Stuhl hoch und setzte sich wieder aufrecht hin.

»Vielleicht will sie nur etwas von ihm, er aber nicht von ihr«, überlegte ich. »Aber das ist jetzt eigentlich auch egal.«

»Was denkst du?«

»Daß das alles Zeit hat.« Ich blickte auf die Uhr. Es war mittlerweile fast fünf. »Und daß du dringend Ruhe brauchst. Du legst dich jetzt wieder ins Bett, und ich fahre zu Dale ins Krankenhaus. Morgen sehen wir dann weiter.«

Dale lächelte mir freudig, aber sichtlich erschöpft entgegen.

»Hi. Die Schwester wollte mich gar nicht zu dir lassen. Sie meinte, du hättest genug für heute.«

Er nickte leicht. »Schön, daß du gekommen bist. Der Arzt hat gesagt, daß du mich gefunden hast. Das hat mir das Leben gerettet, aber für dich muß es fürchterlich gewesen sein.« Auch wenn er sehr leise sprach, klang seine Stimme klar und deutlich.

Mir schossen die Tränen in die Augen, und ich senkte den Kopf. »Ich dachte …«, begann ich, doch meine Stimme versagte.

»Ich weiß.« Er streckte seine linke Hand aus und faßte nach meiner. Eine Weile saßen wir so da, und ich beruhigte mich langsam.

Als ich aufblickte, sah ich, daß er die Augen geschlossen hatte und gleichmäßig atmete. Nachdem er nun wieder richtig bei Bewußtsein war, hatte Hantzsche wahrscheinlich intensiv mit ihm gesprochen. In dem Moment, als ich meine Hand vorsichtig aus seiner ziehen wollte, schaute Dale mich jedoch an und begann zu sprechen: »Etwa um halb sieben an diesem Abend bekam ich einen Anruf von einer Frau, die sich ganz aufgelöst anhörte. Ihr afghanischer Mann habe ihr gemeinsames Kind entführt, und sie brauche Hilfe und wolle sofort vorbeikommen.« Er machte eine Pause, schloß wieder die Augen. »Ich hatte gerade gejoggt und sagte, sie könne um sieben kommen. Dann ging ich unter die Dusche und hatte mich gerade mit einem Glas Grapefruitsaft an den Schreibtisch gesetzt, als die Frau klingelte.«

In die Pause hinein reichte ich ihm das Glas Wasser vom Nachttisch. »Die Frau sah ein wenig zu alt aus, um einen fünfjährigen Sohn zu haben, und als ich sie fragte, warum sie nicht zur Polizei gegangen sei, druckste sie nur herum. Aber«, er trank einen Schluck »so etwas gibt es ja häufiger. Ich hatte ihr gleich, nachdem sie gekommen war, etwas zu trinken angeboten, und sie sagte, sie wolle einen Kaffee. Als ich mit einer Tasse aus der Küche zurückkehrte, bat sie noch um ein Glas Wasser. Wahrscheinlich hatte ihr die erste Zeit nicht gereicht, da ich noch Kaffee fertig hatte.«

Ich nickte. »Und dann hat sie dir das Barbiturat in den Saft geträufelt und die Tabletten hingelegt.«

»Ja, Tabletten mit dem gleichen Wirkstoff. Außerdem muß sie das Glas gespült und dann noch einmal etwas nachgefüllt haben, damit man darin keine Spuren von dem Gift findet.«

»Ziemlich kaltblütig.«

Dale nickte müde.

»Und war diese Frau jetzt Ria Meyerhof?«

Er schloß wieder die Augen und schüttelte schwach den Kopf. »Nein. Die hätte ich gleich erkannt, ich hatte sie ja bei der Arbeit an den Überfällen einmal gesehen.«

»Hattest du den Fall schon komplett geklärt?«

Er lächelte resigniert. »So gut wie, ja. Und jetzt heimst das Landeskriminalamt die Lorbeeren dafür ein. Ich hatte alles soweit zusammen. Am nächsten Tag hätte ich den Versicherungen Bericht erstattet.«

»Vielleicht zahlt das LKA dir ja eine Prämie. Steckt denn wirklich die Russenmafia dahinter?«

»Wie kommst du darauf? Nein, es ist eine Gang aus Chemnitz. Sie ist zwar auch gut organisiert mit ihren Leuten in den Warenlagern und bei den Discounthändlern, aber mit der Mafia hat sie nichts zu tun.« Nun wirkte sein Lächeln amüsiert.

Ich kam mir ziemlich dumm vor. »Ach, das war nur so eine Spinnerei. Ist das LKA jetzt auf jeden Fall soweit, alle, die damit zu tun hatten, hochzunehmen?« schob ich schnell hinterher.

Dale nickte. Jetzt war ihm anzusehen, daß er völlig erschöpft war. »Ja. Kein Grund mehr für dich, noch herumzuschnüffeln. Die Lady, die mich ins Jenseits schicken wollte, dürfte nicht mehr lange auf freiem Fuß sein.«

Ria Meyerhof war es also nicht gewesen, sondern eine andere blonde Frau, eine, die ebenfalls Lippenstift benutzte und zu alt aussah, um ein fünfjähriges Kind zu haben. Dale hatte jedoch recht: Wenn das LKA jetzt alle, die an diesem Betrug beteiligt waren, festnahm, würde auch diese Frau dabei sein. Dann müßte er sie nur noch identifizieren, und der Fall wäre abgeschlossen.

Hoffentlich war Andy nicht noch einmal auf eigene Faust losgezogen. Er hatte sich erstaunlich leicht überreden lassen, heute nichts mehr zu unternehmen, aber wahrscheinlich war er doch noch angeschlagener, als er zugeben wollte. Auf dem Weg von der Straßenbahnhaltestelle zu unserer Wohnung erstand ich bei einem Vietnamesen zu einem sündhaft teuren Preis eine kleine Tüte Weintrauben, Andys Lieblingsfrüchte.

Er saß im Arbeitszimmer vor seinem Rechner und hielt den Kopf in beide Hände gestützt, während er den Text auf dem Bildschirm anstarrte. Offensichtlich versuchte er sich schon an einem Artikel über die »Kamelie«. Ich überflog die Zeilen. »1993 von Hermann Kupfer gegründete Seniorenresidenz für vermögende ältere Menschen – langjährige Zusammenarbeit von Kupfer und Pflegedienstleiterin Monika Kellermann«, stand da, sowie »lediglich elf eingerichtete Betreuungen, während vierzehn Menschen eine solche Hilfe benötigten«.

»Das willst du doch wohl nicht so verkaufen?«

Er seufzte und griff in die Tüte mit den Weintrauben. »Danke. Ich weiß nicht. Ich dachte, man kann es so formulieren, daß man die Tatsachen präsentiert und daraus Schlußfolgerungen zieht. Damit bewegt man sich allerdings auf verdammt dünnem Eis.«

»Man würde dich wegen Behinderung der Ermittlungen drankriegen.«

Andy nickte. »Wahrscheinlich hast du recht. Wir brauchen einfach ein paar mehr Fakten. Ob sich Kupfer und Kellermann tatsächlich persönlich bereichert haben, zum Beispiel. Wir wissen ja noch nicht einmal, ob die Kellermann wirklich mitmischt oder aus irgendwelchen anderen Gründen an Kupfer klebt.«

»Daß das Haus 1993 von Kupfer gegründet wurde, hast du von der Sekretärin?«

»Ja.«

Ich zuckte die Achseln. »Ich weiß, daß du das nicht hören willst, aber es wäre am sinnvollsten, abzuwarten, was das Betrugsdezernat herausfindet. Dann kannst du immer noch der erste mit der Geschichte sein, weil du ja den ganzen Hintergrund schon kennst.«

Andreas nickte, schien mit den Gedanken aber weit weg zu sein. Er stopfte sich eine Handvoll Trauben in den Mund. »Wie geht es Dale?« fragte er kauend.

»Schon wieder ziemlich gut. Wir konnten uns fast normal unterhalten.« Ich berichtete, was Dale mir erzählt hatte. »Unsere Panik, was die Russenmafia angeht, war also umsonst.«

»Du meinst wohl, meine«, erwiderte er mit einer Grimasse. »Aber die Drohung bleibt.« Sorgenvoll blickte er mich an. »Dale geht auch davon aus, daß der Anschlag auf ihn mit dieser Geschichte in Zusammenhang steht?«

»Ja. Warum?«

»Ich mußte noch einmal an Wolfgang Paulus denken, und ich habe im Internet ein wenig über Epilepsie-Medikamente recherchiert. Nun rate mal, was da früher häufig verwandt wurde und was man auch beibehält, wenn der Patient einmal darauf eingestellt ist.«

»Keine Ahnung.«

»Barbiturate. Wenn Wolfgang Paulus an einer Überdosis seiner eigenen Pillen gestorben ist, müssen es Barbiturate gewesen sein. Die modernen Medikamente taugen nicht für Selbstmord.«

Mein Gehirn brauchte einen Moment, um diese Information zu verarbeiten. »In einem Altersheim gibt es bestimmt immer solche Mittel.«

»Eben. Zweimal solche pharmazeutischen Mittelchen, und ich werde außer Gefecht gesetzt, als ich etwas über Kupfer herauskriegen will.«

»Andererseits haben zwei Menschen, die ihm nahestanden, Wolfgang Paulus einen Selbstmord zugetraut. Dale hat von dem Paulus-Fall nichts erwähnt, und bei dir hat jemand gedacht, du wärst ein Erpresser.« Ich ließ meinen Blick über ein fast leeres Regal schweifen, das auf meine Bücher wartete

»Vielleicht war das aber auch nur vorgeschoben. Vielleicht stand ich ja kurz davor, etwas zu erfahren, was ich nicht erfahren sollte.«

Wir blickten uns einen Moment lang an.

»Nein, das ist zu verrückt«, sagte ich. »Mich als Frau lassen sie wahrscheinlich gar nicht rein, und du gehörst ins Bett.«

11. Kapitel

Das Hereinkommen war kein Problem. Wir hatten vereinbart, nicht zusammen aufzutreten, damit wir nicht als Paar angesehen wurden. Also ging ich voran. Falls ich abgewiesen würde, wollten wir uns etwas anderes überlegen.

Die Kneipentür hatte ein kleines rundes Fenster, durch das anscheinend die Gäste, nachdem sie geklingelt hatten, erst in Augenschein genommen wurden. Als ich davor stand, wurde sie fast sofort geöffnet. Ich gab an, einen Bekannten hier treffen zu wollen. Der etwa fünfundvierzigjährige athletisch gebaute Türsteher nickte freundlich. Ich brauchte ein paar Minuten, um mich an das dämmrige Licht zu gewöhnen, dann setzte ich mich auf einen Hocker am Ende der Bar. Es war noch wenig Betrieb. Ein sehr junger, gutaussehender Mann stand einen Meter entfernt von mir an der Theke. In zwei der vier Nischen saßen jeweils zwei Männer. Der feminin wirkende Kellner fragte mich, was ich trinken wolle, und ich bestellte ein Pils. Nachdem ich einen Schluck getrunken hatte, kam Andreas auch schon herein, sah sich um, ging auf mich zu und begrüßte mich mit Küßchen links und rechts auf die Wangen.

Er bestellte ein Mineralwasser. Dem Kellner war nicht anzusehen, ob er ihn erkannte oder nicht.

Fast eine Stunde saßen wir so da, tranken und unterhielten uns halblaut. Andy hatte seinen Kopf in eine Hand gestützt und fuhr sich immer wieder über die Beule. Meine Frage, ob er noch Kopfschmerzen habe, verneinte er jedoch. Den Barmann hatte er wiedererkannt, bei den mittlerweile neun Gästen war er sich nicht sicher, als Türsteher sei gestern jemand anderes da gewesen.

Ich hatte soeben den letzten Schluck getrunken, als wieder einmal die leise Klingel ertönte und direkt darauf die Tür geöffnet wurde. Ein etwas rundlicher Mann mit lockigem, kurzgeschnittenem Haar trat ein, nickte dem Kellner zu und blieb zunächst an der Bar stehen. Als er Andreas erblickte, machte er einen Schritt zurück, drehte sich dann abrupt um und verschwand eilig nach draußen.

Andy sprang vom Barhocker und rannte hinterher, ich kramte schnell sechs Euro aus meinem Portemonnaie und legte sie auf die Theke, bevor ich ihm folgte. In der Dunkelheit draußen brauchte ich einen Moment, bevor ich erkannte, daß Andreas um die Ecke in die Lingner-Allee lief. So schnell wie, wie ich konnte, folgte ich ihm.

Ich glaubte, meine Lungen würden gleich platzen, als ich zwanzig Meter vor mir sah, wie Andreas sich auf den Mann stürzte und ihn geradezu filmreif zu Boden riß. Niemand sonst war auf der Straße zu sehen. Der große, niedrige Plattenbau an der Petersburger Straße lag still und dunkel da, rechts von uns war ein schönes altes Torhaus. Dahinter konnte man schon das Hygiene-Museum erahnen. Als ich die beiden erreicht hatte, kniete Andy über seinem Opfer, dem er die Arme auf den Rücken gezogen hatte. Beide keuchten.

»Hast du mir gestern eins übergezogen?«

»Nein, nein.« Der Mann gab einen unterdrückten Schmerzenslaut von sich, als Andy seine Hände fester packte.

»Und warum bist du dann weggerannt, als du mich gesehen hast? Wir haben uns unterhalten, stimmt's?«

»Ja.«

Andreas blickte mich ratlos an.

»Dann sollten wir vielleicht alle zusammen zur Polizei

gehen. Schließlich haben wir sonst keinerlei Hinweis darauf, wer dich niedergeschlagen hat«, sagte ich.

»Nein. Keine Polizei, bitte. Ich habe ja selbst nur Angst bekommen, weil ich das gestern mitgekriegt habe. Die anderen haben wohl gedacht, du wärest einfach völlig besoffen, als sie dich rausgeschleppt haben, aber –«

»Du weißt also, wer mich außer Gefecht gesetzt hat?«

Das »Ja« kam sehr zögernd.

»Paß auf!« Andy lockerte seinen Griff. »Ich mache dir ein Angebot: Du brauchst niemanden zu verpfeifen, aber du sagst mir noch mal alles, was du gestern gesagt hast und vielleicht noch ein bißchen mehr. Die Alternative heißt Polizei.«

Der Mann nickte, Andy ließ ihn los und beide standen auf. Er war jünger, als ich zuerst gedacht hatte, vielleicht Anfang Vierzig. Schwer atmend blickte er sich einmal um, bevor er endlich zu reden begann.

»Also, ich war wohl gestern etwas angeheitert und ziemlich guter Laune, deshalb habe ich drauflos geplaudert. Ich kannte Hermann Kupfer früher sehr gut, wir hatten mal eine Affäre. Heute sehen wir uns noch regelmäßig in Kneipen oder Clubs.«

»Bist du Jörg?« fragte ich.

Der Mann schüttelte den Kopf und schien gleichzeitig, wenn ich mich in dem dämmerigen Licht nicht täuschte, zusammenzuzucken. »Nein. Jörg ist sein neuer großer Schwarm, ein junger Bursche.«

»Aber wenn ihr euch noch immer trefft, kannst du mir bestimmt etwas mehr über ihn erzählen«, sagte Andy. Ihm war deutlich anzusehen, daß er sich viel zuviel zugemutet hatte. Offensichtlich konnte er sich kaum noch auf den Beinen halten.

»Mehr ist da nicht.« Kupfers Bekannter war ein schlechter Lügner.

»Wir müssen wohl doch noch zur Polizei gehen. Die werden schon herausfinden, was du noch weißt«, sagte ich.

»Ich weiß wirklich nichts. Ich habe nur so ein Gefühl, daß Hermann sich in etwas hineinbegeben hat.«

»In was?«

»Das ist doch schon üble Nachrede, also –«

»Also lassen wir das die Polizei entscheiden.«

»Wenn ich es euch jetzt sage, muß das aber unter uns bleiben.« Er blickte von mir zu Andy. »Dann erfährt keiner, daß ich das gesagt habe. Was seid Ihr überhaupt? Privatdetektive?«

»So etwas Ähnliches«, antwortete ich. »Okay, wir versuchen, dich da rauszuhalten.«

Andreas schwankte und stützte sich an meiner Schulter ab.

»Vor gut zwei Wochen ist Hermann ganz aufgelöst in die ›Maus‹ gekommen. Er hat mehrere Wodka runtergekippt, obwohl er sonst kaum Alkohol trinkt, und ein paar Andeutungen gemacht.«

»Was für Andeutungen?« Meine Gedanken überschlugen sich. Am Montag vor zwei Wochen hatte jemand versucht, Dale umzubringen.

»Daß er einen Fehler gemacht hätte und sein gutes Leben jetzt zu Ende wäre.«

»Sonst nichts?« Andy hörte sich enttäuscht an.

»Nein, ich sag ja, es war eigentlich nichts.«

»Und danach? Hat er irgendwann später noch mal was dazu gesagt?«

Der Mann zuckte die Schultern. »Drei Tage danach war er wieder ganz der Alte, ganz souverän und locker. Ich habe ihn gefragt, ob wieder alles in Ordnung sei, und er hat so getan, als wüßte er gar nicht, was ich meinte. An dem Abend war er aber auch ziemlich betrunken gewesen.«

»Kannst du dich noch genauer an Datum und Uhrzeit erinnern?«

Der Mann überlegte eine Zeitlang, dann sagte er zögernd: »Es war der Sonntag vor zweieinhalb Wochen, so zwischen zehn und elf abends.«

»Kennst du eine Monika Kellermann?« fragte Andreas. Mittlerweile lehnte er schwer an meiner Seite.

»Sein Kellermännchen? Klar. Tragische Geschichte. Seit fast zehn Jahren ist sie jetzt in Hermann verliebt. Irgendwann hatte er wohl auch mal was mit ihr, aber das ist lange her.«

»Sag mal«, begann ich zögernd. »Du hast an keinem anderen Fall gearbeitet, bevor du hier gelandet bist?«

Dale durfte mittlerweile wieder aufstehen. Er trug seinen eigenen Pyjama und Bademantel, Sachen, die ich ihm schon Anfang der Woche mitgebracht hatte. Ich hatte ihm auch Zigaretten besorgt, und als typischen Raucher führte ihn der erste längere Weg in das Raucherzimmer.

»Nein. Ich hatte zwar noch etwas angenommen, wollte aber zuerst die Überfälle abschließen. Warum?«

Wir gingen langsam den Flur hinunter. Dale hielt sich nah an der Wand, griff auch immer wieder nach dem dort angebrachten Geländer. Er schien mir noch sehr schwach zu sein, und ich fragte mich, ob die Ärzte wußten, was sie taten, wenn sie ihn schon morgen entließen. Wo sollte er hin? Für sich selbst konnte er auf jeden Fall noch nicht sorgen.

»Den Altersheim-Fall, nicht wahr? Wolfgang Paulus und dessen Vater.«

»Woher weißt du davon schon wieder?« Er ließ sich in einen Stuhl am Fenster des schrecklich stinkenden Raucherraums fallen und zog sofort seine Zigaretten aus der Bademantel-Tasche.

»Wir – Andreas und ich – haben natürlich versucht, herauszubekommen, was du gemacht hast. Bei der Geschichte mit den Überfällen war das gar nicht so einfach, da brauchte ich schon meine Insider-Kenntnisse über deine Arbeitsweise.« Dale erwiderte mein Lächeln. »Aber auf die Paulus-Geschichte wurden wir regelrecht gestoßen.«

Ich hatte mich direkt in das offene Fenster gesetzt, um dem Gestank ein wenig zu entkommen. Als ehemalige Raucherin haßte ich den Qualm mittlerweile. So knapp wie möglich berichtete ich von Uta Paulus und unseren Recherchen. Dales Gesichtsausdruck wurde immer besorgter.

»Laß die Finger davon, Kirsten. Wer weiß, was dahinter steckt. Die Geschichte läuft ja nicht weg. In einigen Tagen kann ich bestimmt wieder arbeiten, dann kümmere ich mich selbst darum.«

Zwei andere Kranke kamen in den kleinen Raum. Bald darauf war die Luft wirklich unerträglich. Dale drückte sich aus dem Stuhl hoch, und wir gingen den Weg zurück.

»Du hast dich also nur einmal mit Wolfgang Paulus getroffen?«

»Ja. In der Woche, bevor mich jemand ins Jenseits befördern wollte. Ich hatte ihm gesagt, daß ich erst noch etwas anderes zu erledigen hätte, und mich später bei ihm melden würde.«

»Und was für einen Eindruck hat Paulus auf dich gemacht?«

Wir hatten wieder sein Zimmer erreicht. Dale ging bis zum Bett und setzte sich schwer atmend auf die Kante.

»Kirsten, bitte. Ich komme morgen raus und beschäftige mich so bald wie möglich damit. Und du bist die erste, der ich alles erzähle. Okay?«

Ich zupfte ein wenig an dem Blumenstrauß herum, der auf dem Nachttisch stand, und entfernte einige vertrocknete Blüten. »Soll ich für ein paar Tage wieder zu dir in die Antonstraße ziehen? Du kannst doch jetzt noch nicht alleine leben.«

»Warum willst du das tun?« Er hatte sich, noch im Bademantel, auf das Bett gelegt.

»Es muß sich doch jemand um dich kümmern.«

Dale drehte sich auf die Seite und schüttelte den Kopf. »Ich komm schon alleine klar. Es wäre keine gute Idee, wenn wir wieder unter einem Dach wohnen würden.« Er suchte meinen Blick. »Nicht, so wie die Dinge liegen. Oder hat sich daran etwas geändert?«

Ich zuckte mit den Schultern.

»In der Woche vom 27. bis 31. März muß also Wolfgang Paulus bei Dale gewesen sein.« Wir saßen nebeneinander am Schreibtisch und versuchten uns an einer Chronologie der Ereignisse. Andreas fuhr mit einem Bleistift den Kalender entlang. Nachdem er vierzehn Stunden im Bett gelegen hatte, schien er wieder halbwegs auf dem Damm zu sein. »Am Sonntag, dem 2. April ist Hermann Kupfer ganz verstört in der ›Spielmaus‹ aufgetaucht.«

»Und am Montag hat jemand versucht, Dale umzubringen.«

»Aber er sagt, er hätte noch nichts in dem Fall unternommen.«

»Ja.«

»Wann wurde Paulus tot aufgefunden?«

»Gute Frage.« Ich kramte in den Notizzetteln, die über

den ganzen Tisch verteilt waren, und strengte mein Gedächtnis an. »Wann hat Uta Paulus angerufen?«

Andreas tippte mit dem Bleistift auf verschiedene Tage, murmelte vor sich hin, sagte dann: »Am Freitag. Hier, am Freitag, nachdem das mit Dale passiert ist.«

»Also in den Tagen davor. Sie hat etwas gesagt wie: ›Irgendwann in dieser Woche hat er sich umgebracht.‹«

»Da war ganz schön viel los in einer Woche.«

Ich nickte nachdenklich und trank einen Schluck Kaffee. »Dale wird morgen entlassen«, sagte ich dann.

Andy reagierte nicht.

»Ich werde ein paar Tage zu ihm in die Antonstraße ziehen, bis er soweit ist, daß er sich wieder selbst helfen kann.«

»Ich würde sagen, es ist jetzt an der Zeit, sich einmal wieder in der ›Kamelie‹ blicken zu lassen«, erwiderte Andy nach einer kurzen Pause.

»Ich hab eine bessere Idee.« Wenn er nicht darüber reden wollte, würde ich den Teufel tun und ein Gespräch forcieren. »Einer von uns könnte dort anrufen und sich als Erblaßverwalter einer entfernten Verwandten von Frau Markewitz ausgeben.« Seltsamerweise hatte ich mir den Namen gemerkt, vielleicht, weil er so ähnlich klang wie mein angebliches Pseudonym. »Meinetwegen aus Amerika. Ich bin mir sicher, wenn Kupfer Kohle wittert, kann er nicht widerstehen, noch einmal irgend etwas zu deichseln.«

»Immer vorausgesetzt, Frau Markewitz gehört zu denjenigen, die keine ordnungsgemäße Betreuung haben.«

»Okay, das müssen wir riskieren. Es liegt aber doch nahe, wenn sie alleinstehend ist, wie Mark sagt. Wir könnten behaupten, daß sich in den nächsten Tagen ein deutscher Anwalt mit ihr treffen möchte. Dann sehen wir, wie Kupfer reagiert.«

Kurz darauf brachen wir zu Dales Haus auf, da seine Telefonnummer mit Sicherheit nicht auf dem Display des Angerufenen gezeigt wurde. Ich traute der Software nicht, die das bei uns ermöglichen sollte.

Nun konnte ich mich auch wieder im Büro aufhalten. Wir setzten uns an den Schreibtisch, und ich rief in der »Kamelie« an, fragte mit möglichst starkem amerikanischen Akzent nach Frau Markewitz. Die Sekretärin sagte, daß eine Frau Markewitz zwar bei ihnen lebe, jedoch nicht in der Lage sei zu telefonieren.

»Oh, well, könnte ich dann bitte den Manager von Ihre Einrichtung sprechen?«

Kurz darauf hatte ich Kupfer an der Leitung.

»Guten Morgen, mein Name ist Angela Rosenbaum. Ich bin Anwaltin und erledige die Geschäfte von Miss Emilie Horksteen aus Trenton, New Jersey. Miss Horksteen ist in die vergangenen Woche verstorben, und unsere Nachforschungen haben ergeben, daß Miss Markewitz, die in Ihre Einrichtung lebt, ist die einzige noch lebende Verwandte.«

Kupfer gab sich zurückhaltend, lediglich ein zustimmendes Geräusch war zu hören.

»Wir mußten das naturlich prufen, aber im Falle, daß alles korrekt ist, wurde Miss Markewitz eine gewisse Summe ubertragen.«

»Wie verfahren Sie in einem solchen Fall?« Irgendwie erschien mir der Geschäftsführer bei aller Professionalität seltsam abwesend.

»Wir beauftragen eine Anwalt in Deutschland, der sich mit Miss Markewitz in Verbindung setzt. Diese Anwalt wird eine Schriftstuck von uns erhalten, mit dem er sich, wie sagt man, legitimieren kann.«

»In Ordnung, Frau Rosenbaum. Sagen Sie Ihrem Beauftragten, er soll zunächst mich anrufen. Ich werde dann einen Termin mit Frau Markewitz und ihrem gesetzlichen Vertreter machen.«

»Gesetzliche Vertreter?«

»Frau Markewitz ist nicht mehr in der Lage, sich selbst um ihre Angelegenheiten zu kümmern. Das erledigt jemand anderes für sie.«

»Oh, ich sehe. Diese Person wird auch alle Papiere haben?«

»Selbstverständlich.«

Ratlos beendete ich das Gespräch. Andreas, der sich zwischendurch über meinen Akzent amüsiert hatte, zog eine Grimasse. »Sie hat also eine Betreuung?«

»Wenn ich das wüßte. Er kann auch nur geblufft haben. Man sollte es austesten.«

»Mit wem als Anwalt? Uns kennen sie dort nur zu gut.«

»Mit Dale. Wenn sie ihn erkennen, wissen wir gleich, was los ist.« Einen Moment dachte ich nach. »Vielleicht ist das überhaupt die einfachste Lösung. Ich fahre morgen mit Dale dahin.«

»Dann kannst du ihn aber später nicht mehr als Anwalt hinschicken.«

»Stimmt. Außerdem sagt er selbst, er hätte in dem Fall noch nichts gemacht. Also kann der Anschlag auf ihn eigentlich nicht von dort gekommen sein. Und es war eine blonde Frau, die ihn besucht hat. Kupfer ist ein Mann, und Kellermann hat dunkle Haare.«

Andy verschränkte die Hände hinter dem Kopf und lehnte sich zurück. »Sind denn in dem anderen Fall alle festgenommen worden?«

Ich zuckte die Achseln. »Keine Ahnung, wie schnell das LKA mit so was ist.«

Anscheinend reagierte das Landeskriminalamt doch ziemlich schnell, denn als ich am nächsten Vormittag Dale aus der Klinik abholen wollte, war Hantzsche bereits dort und bat ihn, zunächst mit aufs Revier zu kommen.

»Wir hoffen, daß unter den festgesetzten Frauen diejenige ist, die Sie besucht hat. Wenn das der Fall ist, brauchen Sie auch keinen Polizeischutz mehr.«

Dale stimmte zu und ließ sich von dem Kommissar mitnehmen. Ich fuhr mit seinen Sachen voraus in die Antonstraße, wohin ich am Morgen schon einen großen bunten Frühlingsstrauß und diverse Einkäufe gebracht hatte.

Als Dale eine Stunde später an Hantzsches Arm das Haus betrat, sahen beide enttäuscht aus.

»Und Sie sind sicher, daß Sie keinen Schutz mehr brauchen?«

»Sie benötigen Ihre Männer doch dringender. Ich werde schon auf mich aufpassen.«

»Guddi, wir bleiben in Kontakt.« Der Kommissar nickte mir noch einmal zu, drehte sich um und verschwand.

»Kein Treffer?«

Dale hatte sich auf einen Küchenstuhl fallen lassen und steckte eine Zigarette an. »Nein. Jetzt ist die Frage, ob es noch weitere Beteiligte gab, oder ob jemand engagiert wurde. Bei einer solchen Organisation ist das natürlich immer möglich, aber dann stellt sich die Frage, wie man an die Person herankommen soll.«

»Ingrid Langhammer«, sagte ich, mehr zu mir selbst.

»Was?«

»Ich mußte gerade an eine blonde Frau in der Altersheim-Geschichte denken.«

Ich ging ins Büro und rief Andy an, um ihn zu fragen, ob Ingrid Langhammer sich in der Zwischenzeit gemeldet hatte. Er verneinte.

»Dann werde ich sie noch mal anrufen und versuchen, ein Treffen auszumachen, zu dem Dale mitkommt.« Ich berichtete ihm vom Ergebnis der Gegenüberstellung.

»Gut. Und ich fahre gleich doch noch mal in die ›Kamelie‹. Vielleicht gibt es ja noch irgendwas zu entdecken.«

»Okay. Sei aber vorsichtig.« Gestern hatte ich ihn überreden können, daß ein Besuch im Altersheim nichts bringen würde. Statt dessen hatten wir recht aufwendig zusammen gekocht und gemütlich zu Abend gegessen.

»Und, Kirsten –«

»Ja?«

»Ach, nichts. Wir telefonieren.« Er legte auf.

Ich wählte Ingrid Langhammers Nummer und hatte tatsächlich auf Anhieb Glück. Ich erinnerte sie an die Bitte meines Freundes. Sie entschuldigte sich wortreich, sie sei noch nicht dazu gekommen. Einen Termin für ein Treffen zu finden schien unmöglich. Sie habe momentan so wenig Zeit, wenn es mir nichts ausmachte, würde sie mich anrufen, falls sich etwas ergeben sollte. So schnell wie möglich beendete sie das Gespräch. Ohne auch nur die doch naheliegende Frage zu stellen, warum ich noch immer in Dresden war.

Ich suchte im Telefonbuch herum, rief dann noch einmal Andy an, berichtete ihm von Frau Langhammers Abwehr und daß ich vorhatte, jetzt mit Dale zu ihrer Wohnung zu fahren.

»Irgendwann muß sie da ja auftauchen, und dann kann er sagen, ob sie die Frau ist, die bei ihm war.«

Über zwei Stunden saßen wir in Dales Fiesta einige Meter hinter der zweigeschossigen Villa in Blasewitz, wo Ingrid Langhammer gemeldet war. Zuerst fand ich es recht aufregend, mit zusammengebundenen Haaren und Sonnenbrille die Szenerie zu beobachten. Bald jedoch blieb nur noch die Angst, daß einer der Anwohner auf uns aufmerksam wurde und die Polizei rief. Die Sebastian-Bach-Straße war sehr schmal. Auf der linken Seite erinnerten einige winzig wirkende Häuschen an Blasewitz' Vergangenheit als Dorf vor den Toren Dresdens. Ein paar Passanten hatten uns bereits mißtrauisch beäugt, woraufhin ich den Stadtplan zur Hand genommen und so getan hatte, als suchte ich etwas.

Dale war sehr schweigsam. Zwischendurch schlief er ein wenig, und ich machte mir Vorwürfe, daß ich ihn zu dieser Observation überredet hatte. Er sagte zwar, er müsse nur etwas für seine Kondition tun, dann sei er wieder vollkommen fit, mir erschien er jedoch noch sehr schwach. Wiederholt faßte er unter sein offen über der Hose hängendes Oberhemd, als wolle er sich vergewissern, daß seine Waffe noch dort im Schultergurt steckte.

»Es wird einem bewußt, wie verletzlich man ist, wenn einem so etwas passiert«, sagte er schließlich. »Und was einem wirklich etwas bedeutet.« Dabei blickte er starr vor sich hin durch die Windschutzscheibe.

Zum Glück mußte ich nicht antworten, denn in diesem Moment trat endlich Ingrid Langhammer aus der Haustür. Sie durchquerte mit schnellen Schritten den Vorgarten und stieg in einen schnittigen kleinen Honda, der zwei Wagen vor uns geparkt war.

Dale schüttelte entschieden den Kopf, als ich ihn fragte, ob das die Frau sei, meinte jedoch, ich solle ihr mit großem Abstand folgen. Also ließ ich erst drei andere Fahrzeuge durch, bevor ich mich nach ihr auf der Tolkewitzer Straße einreihte. Sie fuhr parallel zur Elbe stadtauswärts bis zum Johannisfriedhof. Auf einer Art schlammigem Standstreifen vor dem Haupteingang stellte sie den Wagen ab. Da sie uns dort sofort gesehen hätte, setzte ich den Blinker und fuhr auf den Parkplatz der Kfz-Werkstatt auf der gegenüberliegenden Straßenseite.

»Du bleibst hier«, sagte Dale und stieg aus.

Bevor ich noch etwas entgegnen konnte, überquerte er die Straße und folgte Frau Langhammer auf das Friedhofsgelände. Ich wartete nervös und rutschte tief in den Fahrersitz, als Kupfers Mercedes auftauchte. Er parkte hinter dem Honda und schaute nicht nach links oder rechts, als er ausstieg und eilig auf den Eingang zuging.

Zehn Minuten später fragte ich mich gerade, wie lange ich warten sollte, ohne die Polizei zu rufen, als Dale zwischen zwei Autos über die Straße lief. Als er wieder neben mir saß, ließ er seinen Kopf auf die Brust sinken und atmete tief ein. Am Friedhofseingang tauchte Ingrid Langhammer auf

»Der Mann, der ihr gefolgt ist, ist der Geschäftsführer der ›Kamelie‹«, informierte ich Dale.

»Sie haben sich ganz ordentlich in den Haaren gehabt. Ich war nicht nahe genug dran, um zu verstehen, was gesagt wurde, aber anscheinend hat sie ihm Vorwürfe gemacht und dann einen Umschlag von ihm erhalten.«

»Geld dafür, daß sie sich als Betreuerin ausgegeben hat«, vermutete ich.

Dale nickte.

»Ich habe das Gefühl, Kupfer und Kellermann planen den Abgang.« Andy stand aufgeregt in der kleinen Eingangshalle.

Ich legte den Finger auf den Mund und zog ihn in die Küche. Nach unserem Ausflug war Dale völlig erschöpft gewesen und hatte sich im Wohnzimmer hingelegt.

»Keiner von beiden ist heute in der ›Kamelie‹, was ja

schon ziemlich seltsam ist, wenn das da alles so hierarchisch geordnet ist, wie Mark sagt. Die Sekretärin sitzt vorne an der Rezeption und nimmt Telefonanrufe entgegen. Ansonsten scheint sie sich zu langweilen. Aber das Büro ist geschlossen, wie sie sich ausgedrückt hat.« Andreas war mitten im Raum stehen geblieben.

»Vermutlich hat das Betrugsdezernat die Räume versiegelt«, sagte Dale, der soeben in die Küche kam. »Hallo, Andreas.«

»Schön, daß du wieder auf den Beinen bist«, entgegnete Andy, und es hörte sich ehrlich an.

»Dann sollte ich doch den Herrschaften mal einen Besuch abstatten.« Ohne eine Antwort abzuwarten, ging Dale in sein Büro.

Ich hörte, wie er die Schreibtischschublade aufzog und folgte ihm. »Dale, ruf Hantzsche an. Laß das die Polizei machen.«

»Hantzsche ist heute nachmittag auf einem Seminar, und bis ich einem anderen alles erklärt habe, vergeht zu viel Zeit.« Mit ruhigen Bewegungen legte er den Schultergurt über sein T-Shirt, schnallte ihn fest, lud die Smith & Wesson und steckte sie in das Halfter.

Ratlos folgte ich ihm ins Wohnzimmer, wo er sein Hemd wieder überzog. »Du meinst, diese Pflegedienstleiterin kann es nicht gewesen sein?« fragte er.

»Sie ist dunkelhaarig. Höchstens Mitte Vierzig. Außerdem habe ich sie noch nie geschminkt gesehen.«

Dale blickte skeptisch und fragte vom Flur aus Andreas, wo Frau Kellermann wohne.

»Ich komme mit«, erklärte Andy sofort.

Ich ballte meine Hände. »Ich auch.« Auf keinen Fall wollte ich allein zurückbleiben.

Dale war nicht begeistert, willigte jedoch schließlich

ein, und kurz darauf raste ich quer durch die Neustadt in das bürgerlichere Preußische Viertel hinein. Frau Kellermann wohnte in einem schlichten dreistöckigen Neubau in der Forststraße, wo sich auf unser Klingeln nichts rührte. Dale drehte sich sogleich auf dem Absatz um und ging zum Auto zurück.

»Also zu Kupfer.«

Ich fuhr wieder, manövrierte den Fiesta aus dem Wohngebiet heraus auf die Bautzner Straße, überholte in einem riskanten Manöver zwei vor »Pfunds Molkerei« stehende Touristenbusse und bog unter lautem Gehupe verkehrswidrig links in die Hoyerswerdaer Straße ein. Nachdem wir auf der anderen Elbseite waren, lotste Andy mich von der Rückbank aus. Als ich an einer Ampel halten mußte, blickte ich zu Dale, der schweigsam auf dem Beifahrersitz saß. Gelegentlich schloß er wieder die Augen. Er war eindeutig noch zu schwach für so viele Anstrengungen an einem Tag.

Vor der Villa in der Reinickstraße stand Kupfers Mercedes, und während wir auf den Eingang zugingen, meinte ich, einen Schatten hinter einem der Fenster zu sehen. Dennoch gab es auch hier keine Reaktion auf das Klingeln. Andreas ging seitlich um das Gebäude herum, Dale folgte ihm. Als sie zurückkehrten, drückte Dale noch einmal anhaltend auf den Klingelknopf. Endlich blickte Kupfer durch die einen Spaltbreit geöffnete Haustür.

»Verzeihen Sie, ich habe jetzt überhaupt keine Zeit«, sagte er höflich, als er mich erkannte. »Könnten Sie am Montag noch einmal wiederkommen?«

»Leider nicht«, antwortete ich ebenso wohlerzogen, und Andy stieß kräftig gegen die Tür, die daraufhin aufflog. Kupfer wich erschreckt einen Schritt zurück, und wir traten ein.

In dem hellen Flur standen zwei große afrikanische Statuen auf glänzendem Parkettboden. Ein Spiegel an der Querseite reichte vom Boden bis zur Decke. Hermann Kupfer sah angespannt aus, seine Stirn glänzte vor Schweiß, die Augen zuckten unruhig hin und her.

»Also, was kann ich für Sie tun? Ich wollte gerade wegfahren.«

»Wohin denn? Rio? Jamaika?« Andy ging an ihm vorbei durch den Flur, um in alle Räume zu blicken.

»Was erlauben Sie sich?« Als Andreas das hintere linke Zimmer betreten wollte, machte der Geschäftsführer einen schnellen Schritt zu ihm hin und faßte ihn am Arm.

»Herr Kupfer, was haben Sie mit dem Vermögen von Herbert Paulus gemacht?« fragte ich. »Und mit dem von den anderen Menschen, die in der ›Kamelie‹ keine Betreuung haben?«

»Ich habe überhaupt nichts gemacht. Und Sie verlassen jetzt sofort meine Wohnung!«

»Sonst rufen Sie die Polizei?« Das war das erste, was Dale sagte.

»Wer sind Sie?« fragte Kupfer.

»Dale Ingram, Privatdetektiv. Ich wurde von Wolfgang Paulus engagiert, die Verhältnisse in Ihrer Einrichtung zu untersuchen. Aber das wollte jemand verhindern.« Als Dale seinen Namen sagte, zuckte Kupfers linkes Auge einmal kurz. Danach hatte er sich jedoch sofort wieder unter Kontrolle. »Wie ich nun gehört habe, ist auch Wolfgang Paulus sein Interesse an der ›Kamelie‹ nicht gut bekommen. Zweimal Barbiturate. Ein Mittel, das es wahrscheinlich häufig in Altersheimen gibt.«

»Wolfgang Paulus war Epileptiker. Er hat sich umgebracht.«

»Woher wissen Sie das von der Epilepsie?«

Keine Antwort.

»Haben Sie ihn nicht vielleicht an jenem Sonntag besucht?« schaltete sich Andy ein. »An dem Sonntag, an dem Sie dann so verzweifelt in der ›Spielmaus‹ aufgetaucht sind? Sie haben gesagt, Sie hätten einen großen Fehler gemacht. War der Fehler, Paulus umzubringen?«

»Ich bin mir sicher, wenn die Polizei jetzt noch einmal zielgerichtet sucht, wird Sie in der Wohung von Wolfgang Paulus Ihre Fingerabdrücke finden«, schob Dale ein. Kupfers Gesichtszüge, die eben noch wie verzerrt ausgesehen hatten, entspannten sich wieder. »Nein, haben Sie alles ordentlich abgewischt? Irgend etwas vergißt jeder. Gerade, wenn er nach der Tat so verstört ist wie Sie.«

»Ich weiß wirklich nicht, was Sie wollen. Ich rufe jetzt die Polizei.« Mit entschlossenen Schritten ging Kupfer den Flur entlang und durch die rechte Tür.

Wir standen eine Sekunde unschlüssig da, dann hörte man ein Poltern. Dale zog seine Waffe und folgte Kupfer, Andy rannte los, an Dale vorbei. Ich sah das schnurlose Telefon, das auf einem kleinen, mit Fell bespannten Hokker lag, und wählte die 110, während ich ebenfalls durch die Küche, in der eine Cafetière auf dem Boden lag, in den Garten lief.

Es war niemand mehr zu sehen. Ich blieb stehen, gab Kupfers Adresse durch und bat darum, einen Streifenwagen zu schicken.

»Ein Mordverdächtiger versucht zu fliehen«, sagte ich auf die Nachfrage, um was es gehe.

Der Garten war ziemlich groß. Am hinteren Ende standen alte hohe Bäume. Wahrscheinlich war Kupfer quer durch das Gelände auf die nächste Straße gelaufen. Ich wollte zuerst dort nachschauen, als mir einfiel, daß er Andy hatte davon abhalten wollen, in das Zimmer gegenüber der Küche zu blicken. Ich ging ins Haus zurück und stand kurz darauf in einem großen Wohnraum, von dem eine Wendeltreppe in den ersten Stock führte.

Dort oben befand sich ein gigantisches Schlafzimmer, in dem zwei riesige Koffer und eine Reisetasche gepackt bereit standen. Auf dem großen Bett lag reglos Monika Kellermann. Ich stürzte auf sie zu, legte mein Ohr an ihren Brustkorb. Sie atmete noch ganz schwach. Erst jetzt sah ich, daß das cremefarbene Kopfkissen rings um ihren Kopf blutrot war. Ich stolperte auf die Treppe zu, hielt mich krampfhaft am Geländer fest, um mir bei meinem Versuch, möglichst schnell hinunter zu kommen, nicht den Hals zu brechen.

Gerade, als ich über Notruf noch einen Krankenwagen angefordert hatte, kamen Dale und Andreas mit Kupfer durch die Küche herein. Andy hatte den Geschäftsführer fest im Polizeigriff, Dale ging mit erhobener Waffe hinter den beiden. Er sah aus, als wenn er gleich zusammenbrechen würde. Ich winkte sie ins Wohnzimmer und nahm Dale die Smith & Wesson ab.

»Setz dich. Bitte.« Wider Erwarten tat Dale, was ich sagte.

Andy und Kupfer blieben in der Mitte des Raums stehen. Ich ließ den athletischen Mann nicht aus den Augen und tat so, als könnte ich tatsächlich mit der Waffe umgehen. »Die Polizei muß gleich hier sein. Und ein Krankenwagen für Frau Kellermann, die oben auf dem Bett liegt. Mit einer ziemlich schlimmen Kopfverletzung.« Andreas blickte mich überrascht an, während Kupfer nur grimmig vor sich hin starrte.

»Wenn die Sanitäter sie herunterbringen, kannst du sehen, ob das die Frau ist, die bei dir war«, sagte ich, an Dale gewandt.

Aus den Augenwinkeln sah ich, daß er sich aus dem Sofa wieder hochdrückte und in Richtung Treppe bewegte.

»Wurde Ihre Komplizin Ihnen jetzt hinderlich?« fragte ich Kupfer. »Wollten Sie Frau Kellermann nicht auf Ihrer Flucht mitnehmen? Und das, wo Sie so viel gemeinsam erlebt haben. Betrug, Mord, Mordversuch.«

Kupfer rührte sich nicht. Andy und ich blickten uns ratlos an.

»Frau Kellermann wird durchkommen, nehme ich an«, improvisierte ich. »Und dann kann sie der Polizei vielleicht ein bißchen mehr erzählen. Wenn man den eigenen Kopf retten kann –«

»Diese blöde Schlampe!« brach es aus Kupfer heraus.

In diesem Moment war Dale leise von oben zu hören: »Sie ist es.«

»Immer die ganz Patente. Immer alles regeln wollen. Sogar als dieser Paulus mir gesagt hat, er habe einen Privatdetektiv engagiert, und ich den Zettel mit Namen und Anschrift gefunden habe, sogar da, als man noch alles irgendwie hätte hinbiegen können, meinte sie noch, sie könnte das regeln. Und dann kriegt sie es nicht hin. Erzählt mir aber hinterher immer wieder, sie hätte es ja nur für mich getan. Und heute kommt das blöde Weib hier an und meint, wir sollten zusammen fliehen.« Er verstummte ebenso abrupt, wie er begonnen hatte.

Von draußen war ein Martinshorn zu hören. Dale kam mit vorsichtigen Schritten die Treppe herunter Ich schaute Andy an und ließ langsam die Waffe sinken.

Epilog

»Nu, also auf eure erfolgreiche Detektivarbeit«, sagte meine ehemalige Kollegin Ines. Sie hob ihr Weißweinglas und blies sich eine feine, blonde Haarsträhne aus der Stirn.

»Vielleicht eher darauf, daß wir alle wieder einigermaßen fit sind.« Ich blickte von Andreas zu Dale, der Wasser trank. »So fürchterlich erfolgreich sind wir schließlich nicht gewesen.«

Es war Samstagabend. Nachdem die beiden Männer und ich den Vormittag bei Kommissar Hantzsche auf dem Revier verbracht hatten, war mir tatsächlich noch eine passable Spinat-Lasagne gelungen. Jetzt saßen wir zu fünft um den großen Holztisch in Dales Küche. Es herrschte eine seltsame Stimmung.

Kurz entschlossen hatte ich auch Mark noch eingeladen, um ihm für seine Hilfe zu danken. Er hockte – wieder in der Jeans vom letzten Samstag und einem schwarzen T-Shirt – auf dem Sofa und versuchte offensichtlich, die Dynamik zwischen uns zu durchschauen. Dale hatte zu guter Letzt eingewilligt, daß ich ihm ein paar Tage half, obwohl ich in meinem Zimmer schlief und ihm auch nicht das sagen konnte, was er hören wollte. Andreas gab sich den Anschein, mit der Situation prima klar zu kommen, wirkte dabei jedoch übertrieben locker. Ines schließlich war in erster Linie neugierig, unsere Abenteuer zu hören; allerdings blickte sie zwischendurch auch amüsiert von mir zu den Männern und zurück. Sie war vier Jahre älter als ich und seit Ewigkeiten verheiratet.

»Aber so schlecht waren wir auch nicht«, meinte Andy. »Immerhin sind wir gerade noch rechtzeitig gekommen.«

Dale nickte. »Stimmt. Kupfer ist verhaftet, und Frau Kellermann wird höchstwahrscheinlich durchkommen. Eine Stunde später hätte das schon anders ausgesehen.«

»Du bist froh, daß die Frau, die dich umbringen wollte, überlebt?« Zwar hegte auch ich keine richtigen Rachegefühle, doch wenn ich Dale anschaute, der sehr wenig gegessen hatte und schon wieder ziemlich erschöpft wirkte, mußte ich erneut daran denken, daß sein Leben an einem seidenen Faden gehangen hatte.

»Auf jeden Fall wäre ich nicht glücklich, wenn sie tot wäre.« Er schob noch eine Gabel Lasagne in den Mund und lehnte sich auf dem Sofa zurück. »In gewisser Weise war sie ja auch die ganze Zeit ein Opfer.«

Ines schüttelte den Kopf. »Das ist mir zu hoch.«

»Dale meint diese verquaste Konstellation«, erklärte ich. »Es sieht so aus, als wenn für Frau Kellermann Kupfer der Mann ihres Lebens war. Sie haben gemeinsam das Altersheim geplant und realisiert – und diesen Betrug aufgezogen. Ein umfassendes Lebenswerk also.«

Mark grinste in sich hinein.

»Und sie hat ihn geliebt«, sagte Andy. Er trank einen großen Schluck Wein und rollte die Ärmel seines weißen Leinenhemdes auf. »Weil sie Kupfer schützen wollte, ist sie hergegangen und hat sich einen exakten Plan zurecht gelegt, um Dale zu töten.«

»Hättet ihr mich gefragt, hätte ich euch sagen können, daß sie Kupfer angeschmachtet hat.« Mark nahm sich noch etwas von dem Auflauf.

Andy zuckte die Achseln. »Ich dachte, Kirsten hätte dich schon professionell um den Finger gewickelt und ausgefragt.«

Mark errötete, ich zog eine Grimasse in Andys Richtung und leerte mein Weinglas.

»Zu ihrem Plan gehörte, daß sie eine Perücke trug?« brachte Ines uns auf den Fall zurück.

Dale nickte. »Ja. Außerdem hatte sie sich älter geschminkt. Sie wollte natürlich verhindern, daß man sie wiedererkannte, falls jemand sie gesehen hatte, als sie hier in das Haus ging.«

»Wobei die Gefahr schon recht gering war«, sagte ich. »Es hat ja auch keiner mitbekommen, wie sie dann später den anonymen Schrieb eingeworfen hat.«

Ich ging ins Wohnzimmer, um eine neue CD einzulegen. Nach kurzem Überlegen entschied ich mich für eine meiner wenigen neueren. Kurz darauf tönte Björks »Violently Happy« durch das Haus.

»... so konnte sie Dale eine sehr große Dosis verabreichen«, erklärte Andy gerade, als ich an den Tisch zurückkehrte.

Ines schüttelte fassungslos den Kopf: »Exakter Plan, da hast du schon recht.«

»Ja.« Ich verteilte die restliche Lasagne. Dale winkte ab und schob seinen Teller von sich. »Während Kupfer anscheinend zweimal im Affekt handelte.«

»Dafür hat er sich aber im Gespräch verdammt gut unter Kontrolle.« Andy wickelte etwas Käse um seine Gabel. »Heute hat er sich den ganzen Tag nicht verraten – und wahrscheinlich reicht das, was er gestern zu uns gesagt hat, nicht als Geständnis.«

»Ja. Er hat es irgendwie geschafft, nicht zuviel zu sagen. Und in dem Umschlag für Frau Langhammer war offensichtlich auch noch eine kleine Entschädigung für ein Alibi. Angeblich war er nämlich an dem Abend, als Wolfgang Paulus starb, bei ihr«, erklärte ich Ines und Mark.

»Immerhin konnte er seinen Satz, er hätte einen Zettel mit Dales Anschrift gefunden, nicht erklären«, sagte

Andy und leerte sein Glas. Dann griff er nach der Flasche in dem Tonkühler, füllte sich nach und blickte erst dann fragend in die Runde, um den restlichen Wein zu verteilen. »Es kann gar nicht anders gewesen sein: Er muß an diesem Sonntag Paulus zu Hause besucht haben. Wahrscheinlich wollte er ihn besänftigen, vielleicht sogar bestechen –«

»Aber Paulus blieb dabei, daß er entschlossen war, die Sache aufzuklären.« Ich strich mir eine Haarsträhne aus dem Gesicht. »Da muß Kupfer die Nerven verloren haben. Vielleicht hatte Paulus gerade seine Medikamente genommen, so daß er auf die Idee gekommen war.«

»Er kennt sich aus mit Medikamenten«, steuerte Mark bei, der keinen Wein mehr genommen hatte. Er schob sich eine letzte Gabel voll in den Mund, holte eine Schachtel Zigaretten aus seiner Hosentasche und schaute Dale an, der ebenfalls schon wieder eine Packung in der Hand hielt.

»Und ich denke, als er ihm schon das Gift verabreicht hatte, erklärte Paulus, daß er einen Privatdetektiv beauftragt habe.« Nachdenklich drehte er das bunte Rechteck hin und her. »Na ja. Hantzsches Leute werden jetzt noch einmal alles in Paulus' Wohnung auf den Kopf stellen und die Nachbarn befragen. Irgend etwas werden sie dabei herausfinden.«

»Unsere Fingerabdrücke.« Andreas kratzte noch etwas Spinat aus der Auflaufform. »Eigentlich kann man wirklich nur hoffen, daß die Kellermann ihn belastet, sobald es ihr wieder besser geht. Denn ihr hat er ja anscheinend gesagt, was er gemacht hat.« Er rückte seinen Stuhl ein Stück vom Tisch ab. »Soll ich Kaffee kochen?«

Dale stimmte zu, und ich sagte: »Ich habe noch Eis als Nachtisch gekauft.«

Andy stöhnte übertrieben auf. »Oje – aber ehe ich mich schlagen lasse.«

Dale winkte ab und stellte sich mit seiner Zigarette ans offene Küchenfenster. Mark folgte ihm.

»Genau, die Pflegedienstleiterin hat er doch niedergeschlagen, oder?« fragte Ines. »Dafür müßte er doch auf jeden Fall belangt werden.«

»Ein Unfall, behauptet er.« Ich holte das Eis aus dem Gefrierfach, richtete vier großzügige Portionen an und garnierte das Ganze mit Sprühsahne und Schokostreuseln. »Sie hätten sich gestritten, sie sei handgreiflich geworden, und als er sie weggestoßen habe, sei sie gestolpert und habe sich den Kopf an dem Nachttisch aufgeschlagen.«

»Vielleicht war es ja wirklich so«, bemerkte Andy.

Ich reichte Ines, Mark und Andreas ihre Teller und stellte die Kaffeekanne und Tassen auf den Tisch.

Andy betrachtete das Eis und verdrehte die Augen. Er erschien mir betrunkener, als er nach den zwei Gläsern Wein sein dürfte, aber wir waren wohl alle ein wenig neben der Spur, mit oder ohne Alkohol. »Wegen Betrugs werden auf jeden Fall beide belangt. Schon jetzt wurden etliche Einzugsermächtigungen und Daueraufträge gefunden, die wahrscheinlich nicht korrekt zustande gekommen sind.«

»Aber Hantzsche hat auch gesagt, daß es eine ganz schön schwierige Aufgabe wird, nachzuweisen, daß die Betroffenen zum Zeitpunkt des Unterzeichnens schon verwirrt waren.« Ich fühlte mich seltsam leer, emotionslos nach den Aufregungen der vergangenen zwei Wochen.

Dale schien mit den Gedanken weit weg zu sein. Ines beschäftigte noch etwas ganz anderes: »Die Geschichte mit den Discountläden hatte also gar nichts mit dem Mordversuch zu tun?«

Ich schüttelte den Kopf. »Nichts. Allerdings beschert uns das einen zweiten Artikel. So können wir uns wenigstens ein bißchen aus den roten Zahlen herausarbeiten.«

»Schade bloß, daß es nicht die Russenmafia war, dann könnte man es noch besser verkaufen.« Andy grinste mich an und schob sich genußvoll einen Löffel Eis in den Mund.

»Und du wanderst wegen versuchten Einbruchs ins Gefängnis?« fragte Ines mich und lächelte. Mark blickte fragend zu mir herüber, Andreas grinste noch breiter.

»Dale meint, ich sollte noch mal mit Hantzsche sprechen und hätte dann gute Chancen, daß das Verfahren wegen Geringfügigkeit eingestellt wird«, wiegelte ich ab. »Ich mußte im Zuge der Recherchen an verschiedenen Orten Nachforschungen anstellen«, versuchte ich, an Mark gewandt, zu erklären, worauf er jedoch nur lachte.

Dale hatte die ganze Zeit kaum noch auf unser Gespräch reagiert. Nun ging er ins Wohnzimmer und legte Leonard Cohens »I'm your man« auf. »If you want a lover, I'll do anything you ask me to.«

Andy, der den Kaffee gekocht hatte, ließ die Kanne unberührt stehen. Mit einem großen Schluck trank er seinen Wein aus, suchte meinen Blick und erhob sich. »Ich werde dann gehen«, sagte er.

»Okay.« Ich brachte ihn zur Tür, wir küßten uns. »Bis bald.«

Fred Vargas: »Es ist unmöglich von Vargas nicht gefesselt zu sein« Die Zeit

Die schöne Diva von Saint-Jacques
Im Garten der Sängerin Sophia im Pariser Faubourg St. Jacques steht eines Morgens ein Baum, der am Tage zuvor noch nicht da stand. Niemand hat ihn gepflanzt. Zwei Tage später ist Sophia spurlos verschwunden. Ihr Nachbar Marc, ein junger Historiker, beginnt den Boden unter der kleinen Buche aufzugraben und stößt auf einen uralten Haß, der beinahe auch ihn das Leben kosten wird.
»Eine vielversprechende neue Stimme des europäischen Kriminalromans.« Der Tagesspiegel
Kriminalroman. Aus dem Französischen von Tobias Scheffel. 288 Seiten. AtV 1510

Der untröstliche Witwer von Montparnasse
Mathias, Marc und Lucien, die drei »Evangelisten« aus der »Schönen Diva von Saint-Jacques«, haben einige Monate später ihren nächsten Fall am Hals. Ihr Freund Louis Kehlweiler, Ex-Inspektor des Pariser Innenministeriums, versteckt einen mutmaßlichen Frauenmörder in ihrem Haus, von dessen Schuld er nicht überzeugt ist. Doch schon am nächsten Morgen steht das Phantombild des Mörders in allen Zeitungen.
»Es ist unmöglich, von Vargas nicht gefesselt zu sein.« Die Zeit
Kriminalroman. Aus dem Französischen von Tobias Scheffel. 278 Seiten. AtV 1511

Es geht noch ein Zug von der Gare du Nord
Auf Pariser Bürgersteigen erscheinen über Nacht mysteriöse blaue Kreidekreise, darin liegt stets ein verlorener oder weggeworfener Gegenstand. Keiner hat den Zeichner je gesehen, die Presse amüsiert sich, niemand nimmt die Sache ernst. Aber eines Nachts geschieht, was Kommissar Adamsberg als einziger befürchtet hat: es liegt ein toter Mensch im Kreis.
»Wer Donna Leon liebt, wird Fred Vargas vergöttern.« P.S., Zürich
Kriminalroman. Aus dem Franz. von Tobias Scheffel. 212 Seiten. AtV 1512

Bei Einbruch der Nacht
Ein Wolfsmensch, so sagen die Leute, zieht nach Einbruch der Dunkelheit mordend durch die Dörfer der provenzalischen Alpen. Der halbwüchsige Sohn eines Opfers und ein wortkarger Schäfer nehmen die aussichtslose Verfolgung auf. Ein urkomisches Roadmovie und eine zarte Liebesgeschichte um die schöne Camille und Kommissar Adamsberg aus Paris.
»Prädikat: hin und weg.« WDR
Kriminalroman. Aus dem Franz. von Tobias Scheffel. 336 Seiten. AtV 1513

Mehr Informationen über Fred Vargas erhalten Sie unter www.aufbau-verlag.de oder bei Ihrem Buchhändler

AtV